DESEO

MAUREEN CHILD

Tentación en Las Vegas

Editado por Harlequin Ibérica.
Una división de HarperCollins Ibérica, S.A.
Núñez de Balboa, 56
28001 Madrid

Tentación en Las Vegas, n.º 2120 - 3.1.19
Título original: Tempt Me in Vegas
Publicada originalmente por Harlequin Enterprises, Ltd.

I.S.B.N.: 978-84-1307-354-5
Depósito legal: M-35259-2018
Impresión en CPI (Barcelona)
Fecha impresion para Argentina: 2.7.19
Distribuidor exclusivo para España: LOGISTA
Distribuidor para México: Distibuidora Intermex, S.A. de C.V.
Distribuidores para Argentina: Interior, DGP, S.A. Alvarado 2118.
Cap. Fed./Buenos Aires y Gran Buenos Aires, VACCARO HNOS.

Este libro ha sido impreso con papel procedente de fuentes certificadas según el estándar FSC, para asegurar una gestión responsable de los bosques.

Capítulo Uno

–Esto no es un maldito culebrón, es la vida real –gruñó Cooper Hayes. Hundió las manos en los bolsillos y miró furibundo a Dave, su asistente–. ¿Cómo diablos ha podido pasar? No es normal que aparezca una heredera secreta de la nada en la lectura de un condenado testimonio.

–Lo único que apareció fue su nombre –le recordó Dave.

Cierto, aunque eso no era un gran consuelo. Cooper se quedó mirándolo un momento. Dave Carey, que había sido su mejor amigo y su confidente desde la universidad, siempre se mostraba tan razonable, tan lógico y tan endiabladamente objetivo que en ocasiones resultaba de lo más irritante. Como en ese momento.

–Pero con eso basta, ¿no? La cuestión es que existe, que tiene nombre y apellidos. Y ahora, según parece –añadió malhumorado–, también tiene la mitad de mi compañía. Y para colmo no sabemos nada de ella.

Allí, en su despacho de la planta veinte del Hotel StarFire, podía mostrar su frustración. Delante de la junta directiva y de los abogados de la compañía, en cambio, había tenido que ocultar su sorpresa y su ira durante la lectura del testamento de Jacob.

Hayes Corporation le pertenecía por derecho propio; había estado preparándose durante años para tomar el timón de la compañía. La habían fundado su padre y el mejor amigo de este, Jacob Evans, pero era él quien había convertido Hayes Corporation en la próspera empresa que era.

Aunque había hoteles Hayes de cinco estrellas en todo el mundo, las oficinas centrales estaban allí, en Las Vegas, en el buque insignia de la compañía, el hotel StarFire. Tras la muerte de su padre, Trevor Cooper, había ocupado su lugar junto a su socio, Jacob. Como este no tenía familia, había dado por hecho que, cuando falleciera, la compañía pasaría a sus manos… pero no había sido así.

En su adolescencia, Dave y él habían trabajado durante los veranos en distintos departamentos de la empresa para aprender tanto como pudieran sobre el negocio, y cuando él había tomado el relevo a la muerte de su padre, lo había hecho con Dave a su lado. No podía imaginarse haciendo aquel trabajo sin él; contar con alguien de confianza era algo que no tenía precio.

–Bueno, no sabemos nada de ella ahora –puntualizó su amigo, que estaba sentado frente a su escritorio–. Pero dentro de un par de horas tendremos toda la información que necesitemos sobre ello. Ya tengo a nuestros mejores hombres trabajando.

Cooper asintió distraído. Todo aquello era increíble: que Jacob, según parecía, sí tuviera familia después de todo… Una hija a la que nunca había visto, que había sido entregada en adopción casi treinta años atrás… Y que hubiese esperado a estar muerto para hacérselo saber. Irritado, se pasó una mano por el pelo y sacudió la cabeza.

–Jacob podría haber tenido la deferencia de decírmelo.

–Puede que pensara hacerlo –apuntó Dave, que cerró la boca cuando él lo miró furibundo.

–Lo conocía desde niño –le recordó Cooper–. Cuesta creer que en treinta y cinco años fuera incapaz de encontrar cinco minutos para decirme: «Oye, ¿te he contado que tengo una hija?».

Dave se encogió de hombros.

–No sé por qué no lo hizo, pero me imagino que no esperaba morirse de repente por un accidente con un carrito de golf.

Cierto. Si el carrito en el que iba no hubiese volcado, Jacob no se habría roto el cuello y… Y eso no habría cambiado nada, se dijo. No, Jacob tenía ya ochenta años. Habría muerto antes o después.

–Pero es que es absurdo… La dio en adopción, no quiso saber nada de ella durante todos estos años, y al morir va y le deja la mitad de la compañía. ¿Quién hace algo así?

Dave no contestó, sencillamente porque no había una respuesta. Y Cooper tenía un montón de preguntas más sin respuesta, como quién era aquella mujer y si esperaría tener voz y voto en la gestión de Hayes Corporation. Lo que tenía muy claro era que no iba a dejar que mangonease de ningún modo en la compañía.

–Está bien –dijo–. Antes de que acabe el día quiero saber todo lo que haya que saber acerca de esa... –bajó la vista a la copia del testamento de Jacob sobre su mesa– Terri Ferguson. En qué universidad estudió, a qué se dedica, a quién conoce... Si voy a tener que tratar con ella, quiero disponer de toda la munición posible.

–A lo mejor tenemos suerte y resulta que no quiere nada de esto –comentó Dave levantándose.

Cooper se habría reído, pero estaba demasiado furioso.

–Sí, ya, seguro. Como que cualquiera rechazaría una herencia de millones de dólares... Pero puede que la solución pase por que me ofrezca a comprar su parte de la compañía y convencerla de que acepte el dinero y desaparezca.

Terri Ferguson sacudió la cabeza y estuvo a punto de pellizcarse para asegurarse de que no estaba soñando. Paseó la mirada por la sala del Wasatch Bank, el banco en el que trabajaba, y se convenció de que no estaba dormida; estaba ocurriendo de verdad.

Pero es que nada de aquello tenía sentido... Había sido un día normal en Ogden, Utah: esa mañana había acudido a su trabajo, había ocupado su puesto en la caja y había estado atendiendo a los clientes hasta que había aparecido aquel tipo diciéndole que era un abogado y que necesitaba hablar con ella en privado. Y ahora estaba allí, sentada frente a él, escuchando algo que parecía sacado de un cuento de hadas. Un cuento en el que ella era la protagonista.

–Perdón, ¿podría repetir otra vez lo que acaba de decir?

Maxwell Seaton, el abogado, suspiró, se quitó las gafas y se sacó un pañuelo del bolsillo para limpiarlas.

–Como ya le he explicado, señorita Ferguson, soy el albacea testamentario de su padre biológico, Jacob Evans.

–Mi padre… –susurró ella. Se le hacía raro decirlo.

Había crecido sabiendo que era adoptada. Al cumplir los dieciocho, sus padres adoptivos le habían dicho que la apoyarían si decidía buscar a sus padres biológicos, pero nunca había sentido curiosidad por saber quiénes eran. Al fin y al cabo, se había dicho, lo que importaba no era quiénes la hubieran engendrado, sino las personas que la querían y que la habían criado.

Además, no había querido herir a sus padres adoptivos. Al morir su padre, su madre se había mudado al sur de Utah para irse a vivir con su hermana, y ella había estado demasiado ocupada con sus estudios en la universidad como para preocuparse por una conexión biológica con personas a las que no había conocido. Solo que ahora esa conexión la había mordido en el trasero.

–Sí, su padre, Jacob Evans –repitió el abogado, poniéndose las gafas de nuevo–. Ha fallecido hace poco y, de acuerdo con su testamento, he venido a informarle de que es usted su única heredera.

Aquello era lo más raro: ¿por qué le había dejado

una herencia? Si nunca habían tenido relación alguna…

–Ya. Bien. ¿Y he heredado un hotel? –inquirió ella, levantando una mano antes de que él pudiera responder–. Perdóneme. Por lo general no me cuesta tanto absorber la información, de verdad, pero es que esto es tan… extraño.

Por primera vez el abogado esbozó una pequeña sonrisa.

–Comprendo lo inesperado que debe parecerle esto.

–«Inesperado» es un adjetivo que se ajusta bastante a la situación –asintió ella, alargando la mano hacia el botellín de agua frente a sí. Tomó un sorbo y añadió–: Aunque «surrealista» sería más apropiado.

–Sí, supongo que sí –el abogado esbozó otra sonrisa–. Señorita Ferguson, su padre era socio copropietario de Hayes Corporation.

–Ya –murmuró Terri. Aquello no le decía nada.

El abogado suspiró.

–Hayes Corporation es una cadena hotelera con más de dos mil establecimientos en todo el mundo.

–¡¿Dos mil?! –repitió ella, en un tono chillón que le hizo contraer el rostro.

Depositando una mano sobre el taco de papeles que había puesto encima de la mesa, el señor Seaton la miró a los ojos y le dijo:

–Si firma esto será oficial: las acciones de su padre pasarán a ser suyas. Ahora es usted una mujer muy rica, señorita Ferguson.

Rica… Eso también le sonaba raro, aunque bien,

porque acababan de subirle la cuota de la televisión por cable, había tenido que ponerle frenos nuevos al coche y ahora que llegaba el invierno una de las cosas que quería hacer era cambiar las ventanas por otras con aislamiento térmico y…

Alargó la mano hacia los papeles, pero volvió a apartarla.

–Me gustaría repasarlos con mi abogado antes de firmar –le dijo al señor Seaton–. Bueno, el abogado de mis padres.

–Sabia decisión –respondió él con un breve asentimiento. Se levantó y cerró su maletín de cuero negro–. Su socio, el señor Cooper Hayes, quiere que se reúna con él lo antes posible en las oficinas centrales de la compañía, en el hotel StarFire de Las Vegas. La información de contacto está en los papeles.

El StarFire… Terri había oído hablar de ese hotel, por supuesto. Había visto fotografías en las revistas y, ahora que lo pensaba, también fotografías de Cooper Hayes en las que aparecía posando con distintas famosas. Era alto y guapísimo, y tenía unos ojos tan azules que siempre pensaba que debían ser lentillas coloreadas.

La idea de ir al StarFire a encontrarse con él la intimidaba un poco. Reprimió una risita nerviosa. El día anterior no habría podido permitirse alojarse en el StarFire… ¡y ahora le pertenecía la mitad del hotel!

–Si tiene alguna pregunta, no tiene más que llamarme –le dijo el señor Seaton, tendiéndole su tarjeta.

–Gracias.

Cuando el abogado fue a salir, Jan Belling, una compañera de Terri, que debía haber estado al otro lado con el oído pegado a la puerta, casi se cayó al suelo, pero reaccionó con rapidez, recobrando el equilibrio, y le sonrió azorada.

–Hola. Perdone –balbució.

–No tiene importancia –respondió él, reprimiendo una sonrisilla. Y despidiéndose de Terri con un último asentimiento, se fue.

Jan entró, cerró la puerta y corrió a sentarse frente a Terri. Su corto cabello negro y sus ojos verdes le daban el aspecto de una duendecilla.

–¡Qué corte! –murmuró.

–No puedo creerme que estuvieras escuchando detrás de la puerta –la increpó Terri.

–Tampoco he oído demasiado. Esa puerta es demasiado gruesa. Estos estúpidos edificios antiguos con puertas de madera de verdad… –gruñó sacudiendo la cabeza–. Bueno, ¿y qué ha pasado? ¿Quién era ese tipo y qué quería de ti?

Terri se rio. Jan era su mejor amiga, y la única que podría ayudarla a encontrarle algún sentido a todo aquello.

–No te lo vas a creer.

–Cuenta.

Cuando le hubo relatado lo que le había dicho el señor Seaton, Jan parpadeó con incredulidad.

–Es como un cuento de hadas –murmuró.

–Eso es justo lo que he pensado yo –admitió Terri–. ¿Crees que a medianoche el hechizo se romperá y volveré a convertirme en una calabaza?

–Cenicienta no era una calabaza; eso era el carruaje –contestó Jan riéndose–. Y, por extraño que parezca, esto es real. Es increíble, Terri: eres rica. ¿Qué digo rica? ¡Asquerosamente rica!

–¡Ay, Dios! –musitó Terri, llevándose una mano al estómago, en un intento inútil por calmar sus nervios.

No sabía lo que era tener un montón de dinero. Sus padres adoptivos habían sido maestros y aunque habían vivido desahogadamente, habían tenido el mismo coche viejo durante años y habían tenido que ahorrar cada vez que habían querido irse a algún sitio de vacaciones.

Jan alargó el brazo para tomar su mano.

–¿Cómo es que no estamos celebrándolo? ¡Ay!, perdona... ¡Dios, qué idiota soy a veces! Me imagino que habrá sido un golpe para ti enterarte de que tu padre biológico ha muerto.

–Bueno, supongo que es ridículo sentir tristeza por la muerte de alguien a quien ni siquiera llegué a conocer, pero sí, la verdad es que sí.

Detrás de todo aquel dinero caído del cielo estaba a muerte de un ser humano. Terri se preguntó en silencio qué clase de hombre habría sido. Si sabía que tenía una hija y dónde estaba, ¿por qué no se había puesto nunca en contacto con ella?

–No tenías ni idea de quién era tu padre biológico, ¿no? –le preguntó Jan.

–No, ni idea –respondió ella en un tono quedo–. Y ahora me asaltan un montón de preguntas para las que seguramente jamás tendré respuesta.

–Al menos sabes que pensaba en ti, que no se había olvidado de ti. Y por eso te ha dejado todo lo que tenía.

Los labios de Terri se curvaron en una pequeña sonrisa.

–Tienes razón: nada de autocompadecerme. Aunque que me haya entrado un poco de pánico es normal, ¿no?

–Por supuesto. El StarFire... –murmuró Jan con una sonrisa–. Dicen que es un hotel alucinante...

–Lo sé.

La mente de Terri era un hervidero de posibilidades. Tenía un buen trabajo, aunque no fuera de lo más emocionante, pero ahora tenía la oportunidad de hacer algo más con su vida.

–¡Y ahora es tuyo!

–Bueno, solo la mitad, según parece –puntualizó Terri. Pero luego se puso de pie abruptamente y exclamó–. ¡Dios!, ¿cómo voy a pasar de ser cajera en un banco a empresaria?

–¿Lo estás diciendo en serio? Eres lista y se te da bien tratar con la gente. Y eres capaz de hacer cualquier cosa que te propongas.

–Gracias por esa fe que tienes en mí –le dijo Terri sonriendo–, pero no sé ni por dónde empezar, Jan.

–Terri, esta es tu gran oportunidad –le dijo su amiga levantándose–: tu oportunidad de salir, de dejar el banco y encontrar un trabajo que te apasione.

Lo que Jan decía era verdad. Había aceptado aquel empleo porque necesitaba el trabajo, pero no era lo que quería hacer el resto de su vida. Quizá el universo le estuviese dando la oportunidad de salir de la rutina en la que se había estancado y descubrir de qué era capaz.

–Tienes razón. Hablaré con Mike y le diré que necesito tomarme unos días libres –contestó. Mike era el gerente del banco.

Jan sacudió la cabeza y sonrió.

–Lo que deberías decirle es que lo dejas para siempre.

Terri se rio.

–No me siento preparada para dejarlo todo atrás de golpe.

–No tienes por qué agobiarte –le dijo Jan mientras salían de la sala de descanso–. Cooper Hayes no te necesita para dirigir la compañía, pero eres su nueva socia, te guste o no, así que al menos tendrás voz y voto en las decisiones.

Cierto. Una oportunidad como aquella no se le presentaba a una todos los días; tendría que estar loca para rechazarla. Y tampoco había motivos para tener miedo. Sí, no tenía ni idea de cómo dirigir un hotel, pero sabía lo que le gustaba y lo que no cuando se alojaba en uno, y eso tenía que ser de alguna utilidad. Además, su padre adoptivo había sido el dueño de un restaurante durante décadas. Ella había trabajado allí en su adolescencia, y había aprendido de él que la clave del éxito en el sector servicios era hacer felices a los clientes.

–Ve, Terri –insistió Jan–. Y si necesitas a la caballería, me subiré a un avión y me plantaré allí.

Terri sonrió.

–Prepárate, Las Vegas: ¡allá voy!

***

Cuatro días después Terri estaba en Las Vegas, en medio del inmenso y opulento vestíbulo del hotel StarFire. Giró lentamente, fijándose en los carteles que indicaban el casino y la zona de tiendas, restaurantes y bares. Si el exterior le había parecido impresionante, el interior era como de otro mundo. Sobre todo el techo, que era como una ilusión digital que simulaba un cielo estrellado.

El mundo al que ella pertenecía ahora. Ese pensamiento la hizo sonreír y morderse el labio antes de ponerse a la cola del mostrador de conserjería. Había reservado una habitación, pero no se había puesto en contacto con su socio, Cooper Hayes, para avisarle de su llegada. Quería poder explorar el hotel un poco por su cuenta antes de hacerlo, experimentar cómo iba a ser su nueva vida.

Al poco rato le llegó su turno, y le tendió su documentación al empleado tras el mostrador. Era joven, y una chapa en la solapa de la chaqueta de su uniforme indicaba su nombre: Brent.

–¿Es la primera vez que viene al StarFire? –le preguntó con una sonrisa.

Terri sonrió también, sorprendida.

–¿Cómo lo sabe?

–Porque no hace más que mirar a su alrededor. Y sobre todo el techo –le contestó él con un guiño.

–Es que es precioso –admitió ella.

–Sí que lo es –Brent bajó la vista a su permiso de

conducir y empezó a teclear en el ordenador antes de detenerse y quedarse mirándola como si tuviera tres cabezas–. ¿Terri Ferguson?

–Ese es mi nombre –asintió ella. Frunció el ceño e intentó ver la pantalla del ordenador–. ¿No le aparece mi reserva?

–Sí, señorita –contestó él, poniéndose muy serio de repente–. Estábamos esperando su llegada, señorita Ferguson.

–¿Me estaban esperando? –repitió Terri aturdida.

Había tenido la esperanza de poder pasar inadvertida, pero parecía que no iba a ser así.

–Su suite está preparada.

–Pero si yo no reservé una suite…

Brent sonrió y le pasó una tarjeta magnética y le devolvió su documentación.

–Como le decía, estábamos esperando su llegada.

–¿Pero cómo…?

–Al hacer la reserva el sistema procesó su nombre y lo reconocimos de inmediato, así que sabíamos que venía –le explicó Brent, sonriendo de nuevo–. El señor Hayes dio órdenes de que la instalásemos en una suite. Bill llevará sus maletas.

Un botones de unos veinte años apareció a su lado como por arte de magia.

–Ah. Bueno, solo tengo una maleta y tiene ruedas; puedo llevarla yo.

–Es mi trabajo, señorita –dijo Bill–. Venga, la acompañaré a su suite.

Terri nunca se había alojado en un hotel como aquel, y mucho menos en una suite, pero ahora era la copropietaria de aquel increíble establecimiento, así que tendría que empezar a acostumbrarse.

–Está bien –murmuró–. Y gracias –le dijo a Brent.

–No hay de qué. Bienvenida al StarFire.

Siguió al botones hacia los ascensores hecha un manojo de nervios. Cooper Hayes estaba al tanto de su llegada y estaba esperándola. ¿Permitiría que se hiciese un hueco en la compañía, o trataría de interponerse en su camino? Y, si lo hiciera, ¿estabas dispuesta a luchar? Pensó en todas las cosas que podría hacer con la herencia que su padre biológico le había dejado: podría comprarse una casa, pagarle a su madre y a su tía un viaje alrededor del mundo... Las posibilidades eran infinitas.

Y entonces fue cuando lo vio, y fue como si toda la gente que la rodeaba se desvaneciera. El corazón le golpeaba con fuerza contra las costillas y la boca se le había secado. Cooper Hayes era, probablemente, el hombre más guapo que había visto en toda su vida.

Vestía un elegante traje negro con una camisa de un blanco prístino y una corbata color vino. Llevaba el cabello negro un poco largo, con un estudiado aspecto despeinado, y sus ojos azules eran tan arrebatadores que no podía apartar la vista de ellos.

Él también estaba mirándola, pero su expresión no dejaba entrever qué estaba pensando. Claro que tampoco debería sorprenderle, se dijo. Seguro que todos los millonarios como él nacían con esa expresión inescrutable. Cooper Hayes... su socio... y el hombre con el que podría fantasear horas y horas.

Capítulo Dos

Sentado en su despacho, Dave Carey miraba la pantalla de su ordenador. Estaba revisando las imágenes de las cámaras de seguridad del hotel. Había recibido una alerta en el móvil en el momento en que Terri Ferguson se había registrado en el mostrador del vestíbulo. Ya estaba allí, y ahora tenía que encontrar la manera de hacer que se fuese por donde había llegado, se dijo observándola con la mandíbula apretada.

–Es más guapa de lo que esperaba –mascullό para sí, observándola mientras hablaba con Cooper.

Seguramente su amigo creía que con poner cara de póquer era imposible saber lo que estaba pensando, pero él lo conocía desde la universidad, y se dio cuenta de inmediato de que su nueva socia lo tenía intrigado.

Tiró sobre la mesa el bolígrafo que tenía en la mano, se echó hacia atrás en su asiento y escrutó pensativo a aquella rubia alta que había echado a perder sus planes. ¿Por qué no podía haber sido baja y fea, tener los dientes saltones, cojera o algo así?, se preguntó, fijándose en Cooper, que estaba mirándola como un león hambriento a una gacela. Mierda…

Después de todos esos años ayudando a Cooper a convertir Hayes Corporation en una empresa con peso a nivel mundial, había estado a punto de conseguir lo que merecía. Cooper le había prometido que pronto su lealtad sería recompensada, y ahora una rubia pueblerina de largas piernas y una delantera espectacular iba a poner todo eso en peligro.

Su mente atrajo entonces el recuerdo de una conversación con Cooper dos años atrás…

–Jacob se está haciendo viejo –le había dicho Cooper–. Cuando muera la compañía pasará a ser solo mía, y cuando yo esté al mando me aseguraré de que tengas más peso en Hayes Corp –había añadido, levantando su vaso de whisky en un brindis. Sin tu ayuda no habría podido hacer de la compañía lo que es hoy.

Dave le había dado las gracias y había paseado la mirada por el lujoso salón de la suite privada de Cooper, donde estaban sentados, sin poder evitar una punzada de envidia.

Sus padres habían trabajado muy duro toda su vida, pero no habían llegado a ninguna parte. Ni siquiera habían podido pagarle sus estudios en la universidad. Había tenido que costeárselos él, y el haber tenido a Cooper Hayes de compañero de cuarto había sido un golpe de suerte. Se había hecho íntimo de Cooper, y fue cortando los lazos con su familia de clase obrera a medida que empezaba a moverse en círculos más selectos. Para cuando se licenció y empezó a trabajar en Hayes con Cooper, ya le había dado la espalda por completo a su pasado para centrarse en su futuro.

De hecho, hacía más de diez años que no veía a su familia, y si alguien le preguntaba por ellos, decía que no le quedaba ningún pariente vivo. Así todo resultaba mucho más fácil.

Se levantó y fue hasta el ventanal. Irritado, plantó una mano contra el cristal, calentado por el sol de octubre. La llegada de aquella mujer podía echarlo todo a perder. Jacob había muerto, pero ahora Cooper iba a tener de socia a su hija, lo cual significaba que no tenía todo el poder en la empresa, y no lo tendría a menos que se deshicieran de ella. Y hasta que eso ocurriera, él no conseguiría aquello por lo que había estado esforzándose durante más de diez años.

Sí, Cooper le había dicho que su intención era darle puerta a esa Terri Ferguson, pero había visto cómo la miraba, y si se sentía atraído por ella se diluirían sus prisas por empujarla fuera del tablero de juego y sus planes se irían al traste.

Se apartó del ventanal y volvió a su mesa para sentarse de nuevo. Al ver que Cooper y Terri entraban en el ascensor privado, cerró la aplicación de las cámaras de vigilancia. No había cámaras en ese ascensor, ni tampoco en la planta donde estaban la suite de Cooper y la antigua suite de Jacob, donde iba a alojarse su hija.

Tenía que encontrar la manera de deshacerse de ella y hacer que pareciera que había sido ella quien había decidido marcharse. Tenía que convencerla de que aquello le iba grande, pero lo primero, se dijo alcanzando su teléfono, era sacar la artillería pesada.

***

Terri Ferguson no era como había esperado. Cuando se había enterado de que su nueva socia era una cajera de banco de un pueblo de Utah se había imaginado… La verdad era que no sabía muy bien qué se había imaginado. De lo único de lo que estaba seguro era de que Terri era mucho, muchísimo más, de lo que había imaginado.

Su belleza le nublaba la mente hasta el punto de hacerle olvidarse de todo. Para empezar era alta, cosa que le agradaba. Siempre había detestado tener que agacharse para mirar a los ojos a una mujer o para besarla. Terri debía medir uno setenta y cinco sin los zapatos de tacón que llevaba. El vestido le llegaba bastante por encima de las rodillas, dejando al descubierto unas piernas larguísimas, bien torneadas y bronceadas, y el escote, aunque no era excesivo, resultaba tentador.

El largo cabello rubio le caía por los hombros en suaves ondas, y sus ojos eran azules como un cielo de verano. Admiró la voluptuosa curva de sus senos, y sintió cómo se le animaba la entrepierna. Mierda… Era preciosa. Y una distracción que ni quería ni necesitaba. Tenía que concentrarse en conseguir que le vendiera su mitad del negocio. Al verlo, el botones se paró en seco y, mirándolo con los ojos muy abiertos, balbució:

–Señor Hayes… Iba a acompañar a la señorita Ferguson a su suite.

–Ya lo veo –respondió él, dando un par de pasos y deteniéndose frente a ella.

Terri aspiró bruscamente e irguió los hombros, como si estuviera preparándose para una batalla.

–Usted es Cooper Hayes… –murmuró.

–El mismo. La estaba esperando.

–Siento haber tardado tanto en venir –se disculpó ella con una sonrisa.

–No pasa nada. Es que creía que vendría mucho antes.

El botones, que parecía muy interesado en la conversación, los miraba a uno y a otro como si estuviera en un partido de tenis.

–Ya me ocupo yo, Bill, gracias –le dijo Cooper, fijando sus ojos en él.

–Sí, señor –musitó el chico, y se alejó a toda prisa hacia el mostrador.

Terri, que lo había seguido con la mirada por encima del hombro, comentó:

–¡Qué manera de poner pies en polvorosa…! ¿Infunde el mismo temor en todos sus empleados?

–No es temor –la corrigió él–, es respeto.

–Ah, ya, claro. Porque mirar a alguien con ojos como platos y salir corriendo son claros signos de respeto…

Cooper inspiró. Parecía que Terri Ferguson sería más difícil de intimidar que la gente trabajaba para él.

–¿Vamos a seguir hablando del botones, o le gustaría ver su suite?

Terri sonrió.

–Puedo hacer ambas cosas.

–¿Por qué será que no me sorprende su respuesta? –masculló él.

Levantó su maleta del suelo y le puso la otra mano en el hueco de la espalda para conducirla hasta su ascensor privado, que estaba un poco separado de los otros.

–Quería haber venido antes –le dijo Terri–, pero tenía un montón de cosas que hacer. He tenido que pedir unos días libres en el trabajo, llevar mi coche al taller para asegurarme de que estaba a punto para venir hasta aquí…

–¿Ha venido en coche? –la interrumpió él–. Si hubiera llamado para decirnos que iba a venir, habría enviado mi jet para recogerla.

–¿Tiene su propio avión? –inquirió ella, mirándolo con unos ojos como platos.

–Tenemos nuestro propio avión –la corrigió Cooper–. Es de la compañía.

–Tenemos un avión… Claro. ¿Y quién no? –murmuró ella sacudiendo la cabeza–. En fin, el caso es que decidí venir en coche para poder hacer un alto en Saint George y visitar a mi madre y a mi tía. Para contarles lo que había ocurrido y dejarles a mi perra porque no sabía cuánto tiempo iba a estar fuera, y no podía pedirle a mi mejor amiga que se hiciera cargo de él sin saber…

–¿Tiene una perra?

No había podido evitar sentir cierta envidia al oírle decir eso. Él nunca había tenido un perro. Ni un gato. Ni siquiera un hámster. Eran los gajes de haberse criado en un hotel, algo que de niño siempre le había fastidiado. Y parecía que aún le pasaba.

Terri sonrió.

–Sí. Se llama Daisy. Es una monada, un cruce de varias razas. Necesita mucha atención y no le gusta nada que la dejen sola. Pero mi madre la adora, así que…

–¿Qué le dijo su madre cuando le contó lo de la herencia?

–No hace más que interrumpirme, y eso es bastante grosero, ¿sabe?, aunque se lo perdonaré por esta vez.

–Vaya, muchas gracias –respondió él con sorna.

Sin embargo, Terri no pareció notar su sarcasmo, y siguió hablando como si tal cosa.

–A mi madre todo esto le parece surrealista, igual que a mí. No sabíamos nada de mis padres biológicos, así que fue una sorpresa descubrir que mi padre biológico sabía de mi existencia y hasta dónde estaba. Perdón, me estoy dispersando un poco. La cuestión es que había unas cuantas cosas de las que debía ocuparme antes de venir.

–No pasa nada. Lo que importa es que ya ha llegado –contestó él, introduciendo la tarjeta en el panel del ascensor–. Este ascensor es privado –le explicó–. Es el que deberá usar para subir y bajar de su suite. Los otros solo llegan a la planta diecinueve. Este sube a las cinco plantas superiores y a la azotea. El personal utiliza otros ascensores, y los demás huéspedes no pueden acceder a las plantas superiores.

–Vaya… Parece un sistema muy… seguro.

Por si se lo estaba tomando a broma, le dejó entrever con su tono de voz que él no lo encontraba divertido.

–Tan seguro como permite la tecnología a nuestro alcance. Las oficinas de Hayes Corporation están en la planta veinte –le dijo–. Y en la veintiuno, veintidós y veintitrés las suites destinadas a los huéspedes especiales: dignatarios, celebridades… cualquier persona cuyo perfil requiera de unas férreas medidas de seguridad.

–Férreas medidas de seguridad… Vaya… Suena de lo más acogedor –observó ella cuando las puertas se abrieron.

–Nuestros huéspedes no vienen aquí en busca de algo acogedor.

–Pues menos mal –murmuró ella.

Cooper se tomó aquello como un insulto.

–Un Bed&Breakfast es un sitio acogedor. Los hoteles Hayes ofrecen lujo, exclusividad.

Terri lo miró y parpadeó.

–Eso suena fatal.

–¿Qué es lo que suena fatal? –inquirió él, contrariado.

–Pues… todo, pero es igual.

Cooper estuvo tentado de rebatir su ridículo argumento, pero optó por reprimir su irritación. Sin saberlo, Terri estaba demostrando que querer comprar su parte del negocio para excluirla de él era lo correcto. Si no entendía las bases de la industria hotelera, no podía ser su socia.

–Nosotros vamos a la planta veinticuatro –le dijo, entrando con ella en el ascensor.

Introdujo la tarjeta en el panel y pulsó el botón correspondiente. Cuando el ascensor salió disparado hacia arriba, Terri se agarró a la barandilla y se rio como una niña.

–Es más rápido de lo que esperaba –comentó, alzando la vista hacia el techo, que era una pantalla digital que simulaba un cielo estrellado, como la del vestíbulo–. Es fabuloso –dijo señalándolo–. Parece tan real…

Cooper, que estaba observándola, se dio cuenta de que era la primera mujer con la que se subía a aquel ascensor que no se había puesto a mirarse en el espejo para atusarse el cabello o retocarse con el pintalabios.

–No sabría decirle. Cuando vives en una ciudad como esta, con tanta contaminación lumínica, no se ven demasiadas estrellas.

Terri bajó la vista hacia él.

–Pues es una pena. No sabe lo que se pierde –contestó–. Pero estos paneles digitales de ilusiones ópticas son una maravilla –admitió Terri–. En serio, me quedé embobada cuando vi el techo del vestíbulo. Todo el hotel es increíble.

En sus facciones, que eran como un libro abierto, se leía lo emocionante que le parecía todo aquello, y la sonrisa que se le había dibujado en los labios le hizo sentir cosas en las que prefería no pensar. Irritado consigo mismo, le dijo con retintín:

–Me alegra contar con su aprobación.

Apenas hubo dicho eso la sonrisa de Terri flaqueó, y el brillo de sus ojos se apagó. «Idiota…», se reprendió. Nunca antes le había resultado difícil mostrarse galante con una mujer.

–Las ilusiones son una adición relativamente nueva –añadió, en un intento por enmendar su descortés respuesta–. Se instalaron hace solo un par de años, pero parece que a todo el mundo le gustan.

–No me extraña –contestó Terri, relajándose de nuevo.

Sin embargo, la reticencia que había asomado a sus ojos seguía ahí, como si su actitud hostil la hubiese hecho levantar un muro invisible en torno a sí. No quería que la viera como el enemigo, sino como a un hombre que iba a hacerle el favor de ahorrarle todo el trabajo que conllevaba la gestión de una compañía como Hayes Corporation.

–Antes ha dicho que para su madre y para usted toda esta situación es surrealista –le dijo. Ella asintió–. Pues la verdad es que para mí también lo es. No supe de su existencia hasta hace solo unos días.

Terri lo miró y parpadeó contrariada.

–¿Jacob nunca le habló de mí?

–No. Descubrí que tenía una hija solo unas horas antes que usted. Así que, ya ve, ha sido una sorpresa para los dos –le dijo Cooper.

Ella se quedó callada un momento.

–La suite a la que me lleva… ¿Mi padre solía alojarse en ella?

–Solo cuando estaba en la ciudad.

Su voz le sonó fría e indiferente incluso a él, y eso no era bueno. Si lo que quería era congraciarse con ella para convencerla de que le vendiera su parte del negocio, tendría que mostrarse mucho más amigable con ella. No debería ser tan difícil, pero la atracción que sentía hacia ella lo descolocaba.

–En los últimos dos años Jacob apenas venía por

aquí –le explicó–. Tenía una casa en Nueva York. Si hubiera vivido en el hotel, como yo, habríamos seguido viéndonos.

Terri frunció el ceño.

–¿Vive aquí, en el hotel?

Cooper comprendía su sorpresa. En su mundo la gente seguramente vivía en casitas con jardín, niños y un perro. La gente normal solo se alojaba en hoteles cuando viajaba; no vivía en ellos.

–Prácticamente me crie aquí –le dijo–. Siempre pensé que algún día me buscaría un piso, o una casa, pero me gusta Las Vegas, y vivir aquí es lo más cómodo para mí: tengo mi despacho unas plantas más abajo, servicio de habitaciones las veinticuatro horas del día y empleados que limpian y que me lavan y planchan la ropa.

–Claro. Ya. Bueno, lo de no tener que limpiar uno mismo lo entiendo. Debe ser muy cómodo –respondió ella con una risa nerviosa–. Perdón. Es que me cuesta asimilar todo esto. Hasta la semana pasada tenía que hacer malabarismos para pagar las facturas y la reparación del coche y ahora…

–Y ahora puede comprarse el coche que quiera.

Terri suspiró.

–Todavía se me hace raro.

Aquello era perfecto. Quería que se diese cuenta de cómo podía cambiarle la vida con todo el dinero que había heredado. Quería que explorase el mundo, que se divirtiese…, que hiciera cualquier cosa menos quedarse en Las Vegas e intentar ayudarlo a dirigir su compañía.

–Pues vaya haciéndose a la idea –le aconsejó Cooper–: dígale adiós a su antiguo mundo… y dígale hola a su nuevo mundo –dijo cuando se abrieron las puertas del ascensor.

A ambos lados del ascensor se extendía un amplio pasillo en el que se filtraba la luz del sol gracias a las claraboyas del techo. El suelo estaba cubierto de moqueta azul, y de las paredes, de un gris claro, colgaban fotografías enmarcadas de distintos hoteles de la cadena Hayes.

Observó a Terri, que estaba mirándolo todo con expresión admirada, y no pudo reprimir un sentimiento de orgullo y satisfacción.

–Cuántos hoteles distintos… –murmuró Terri, acercándose a la fotografía más cercana–. Es increíble…

–Estamos en cientos de países –respondió él.

Terri giró la cabeza para mirarlo.

–Detesto utilizar una y otra vez la palabra «increíble», pero es que todo esto es increíble –murmuró mirando a un lado y a otro–. Este pasillo es tan diferente de los pasillos de los demás hoteles en los que he estado… Los pasillos siempre suelen ser tan estrechos y oscuros…

–Ninguno de nuestros hoteles tiene pasillos oscuros. No son buenos para el negocio. Ponen nerviosos a los clientes.

–¿Siempre utiliza frases cortas cuando habla?

–¿Cómo?

Terri esbozó una sonrisilla traviesa que le hizo apretar los dientes. De acuerdo, sí, solía ser parco en palabras, pero lo hacía por ahorrar tiempo. Y nadie hasta entonces se lo había señalado.

–¿Y usted siempre es tan directa?

–Por lo general, sí. Es mejor ir por delante y ser sincera. Las mentiras no hacen más que complicarlo todo.

Entonces fue él quien sonrió divertido.

–Puede que lo de ser sincero vaya bien en Utah, pero aquí en Las Vegas no es lo que se estila.

–Pues es una lástima, ¿no le parece? –respondió ella, ladeando la cabeza–. Bueno, ¿hacia qué lado vamos?

Cooper señaló detrás de ella.

–Su suite está a la izquierda.

Mientras caminaba delante de él por el pasillo, Cooper disfrutó de la vista. Sus largas piernas le hacían desear que estuvieran rodeándole las caderas, y su trasero era una obra de arte. Además, su melena se movía de lado a lado con cada paso que daba, y sus caderas se contoneaban suavemente, como en una invitación muda que estaría más que dispuesto a aceptar.

Pero independientemente de lo que quisiera hacer con ella, tenía que recordar que aquel no era su lugar y que, si las cosas salían como él quería, no se quedaría mucho tiempo. Pensó en la poca información que Dave había encontrado sobre ella: hija única adoptada; padre adoptivo fallecido; se había licenciado en Arqueología en el Weber State College, vivía sola en un apartamento cuya hipoteca iba pagando mes a mes, y trabajaba como cajera en un banco.

Eso era todo: ni trapos sucios ni rumores. Ni un exnovio enfadado que la amenazara de muerte, ni un arresto… Estaba tan limpia que casi daba miedo.

Al llegar a la puerta de la suite, Terri introdujo su tarjeta en la ranura de la puerta y, cuando esta se abrió y se encendieron las luces, un gemido ahogado escapó de sus labios.

–Esto es… –murmuró adentrándose unos pasos.

–¿Increíble?

Terri se volvió y le sonrió.

–Ya lo creo.

Cooper dejó la maleta junto a la pared y se metió las manos en los bolsillos.

–Hay tres dormitorios, todos con cuarto de baño. No hay cocina, pero tiene una cafetera de cápsulas y una nevera con aperitivos, refrescos, agua y vino. Y si llama al servicio de habitaciones le subirán lo que quiera.

Terri asintió y paseó de nuevo la vista por el salón.

–Esto es increíble… –murmuró.

–De nuevo esa palabra –dijo él, riéndose suavemente.

Si estaba así de entusiasmada con la suite, no le costaría demasiado convencerla de que ser su socia le iba grande. Jamás había conocido a nadie con un rostro tan expresivo, pensó mientras observaba a Terri, que seguía mirándolo todo con ojos brillantes, fascinada.

–Increíble… –murmuró ella de nuevo. Se giró hacia él–. Juro que encontraré otro adjetivo… en cuanto me acostumbre a todo esto –dijo extendiendo los brazos para señalar a su alrededor–. No creo que me lleve más de un año o dos.

No iba a estar allí tanto tiempo, se dijo Cooper. Y, sin embargo, se encontró sonriendo y admirando la belleza de su sonrisa, sus carnosos labios… Casi podía imaginarse besándolos y… Echó el freno y apartó de inmediato esos pensamientos.

–Póngase cómoda; ya hablaremos luego.

Su voz sonaba ronca de deseo. Mejor marcharse ya, ahora que aún podía caminar. Y sin esperar siquiera a que respondiese, abandonó la suite.

Capítulo Tres

Terri no permaneció mucho tiempo en la suite. Si estuviera de vacaciones se habría pasado allí horas, disfrutando de todo el lujo que la rodeaba, pero no había ido allí para divertirse. Se colgó el bolso del hombro y regresó a la planta baja para explorar un poco por su cuenta. No quería ver solo el hotel y el casino, sino también ver cómo trataba el personal a los huéspedes, y si estos parecían contentos.

Su padre siempre había dicho que la mejor manera de saber si un negocio marchaba bien era juzgando desde el punto de vista del cliente. Y allí parecía que todo el mundo estaba disfrutando de su estancia, pensó mientras recorría el vestíbulo, la zona de tiendas, restaurantes y bares, y luego el casino.

Cuando empezaron a dolerle los pies decidió dar por finalizada la visita y se sentó en la barra del bar del casino. Sonrió al barman y, fijándose en el nombre escrito en su chapa, le dijo:

–Brandon, me encantaría tomar una copa de chardonnay.

–Enseguida, señorita –respondió él. Mientras le servía el vino, le preguntó con una sonrisa–: ¿Es la primera vez que se aloja en el StarFire?

–¿Cómo lo ha sabido? ¿Tanto se me nota?

El barman se encogió de hombros.

–Es por cómo lo mira todo, como si temiera perderse algo.

–En mi defensa diré que hay muchísimo que ver –contestó Terri. Tomó un sorbo de vino y dejó la copa sobre la barra–. Pero sí, es la primera vez que vengo. Es un hotel precioso. ¿Le gusta trabajar aquí?

No estaba hablando con él solo por hablar; quería saber si los empleados del hotel estaban contentos con su trabajo. ¿No era lo que se suponía que debía hacer, ahora que era copropietaria del negocio?

Brandon se encogió de hombros mientras limpiaba la barra con una bayeta.

–No puedo quejarme. Me pagan bien, conozco a gente agradable como usted… –dijo guiñándole un ojo.

Terri sonrió y tomó otro sorbo de vino.

–No, en serio, siento curiosidad –le dijo.

El barman plantó ambas manos en el borde de la barra y ladeó la cabeza, pensativo.

–En general sí, estoy contento. Es un gran hotel, los huéspedes son gente con clase… En mi oficio se ven algunas cosas muy raras, pero aquí no tanto. Es, sin lugar a dudas, el mejor sitio en el que he trabajado.

A Terri le alegró oír eso.

–Aunque estaría bien si fueran más flexibles con los turnos –añadió Brandon.

–¿A qué se refiere?

El barman se encogió de hombros y miró alrededor, como para asegurarse de que nadie fuera a oírlo quejándose.

–No les gusta que nos cambiemos los turnos cuando surge algo inesperado, como la semana pasada, cuando tuve que llevar a mi esposa al ginecólogo para que le hicieran una ecografía. Vamos a tener un bebé.

–¡Vaya, enhorabuena!

–Gracias –contestó él con una amplia sonrisa–. Es nuestra primera vez: una niña. En fin, el caso es que yo trabajo por las tardes, y ese día me habría venido bien cambiar mi turno con el compañero que hace el turno de noche, pero como no nos lo permiten tuve que tomarme el día libre y perder un día de paga –le explicó, encogiéndose de hombros–. Cosas así. No es que sea algo malo, pero estaría bien que nuestra opinión se tuviera un poco más en cuenta.

–Me parece algo razonable –dijo Terri.

Se preguntaba por qué las normas del hotel serían tan rígidas a ese respecto. Siempre que los turnos estuviesen cubiertos, ¿tanto importaba quién se hiciera cargo de ellos?

–¿Y hay alguna cosa más que cambiaría?

Ahora que había conseguido que se abriera a ella, quería saber más. La satisfacción de los clientes era un buen baremo para saber si las cosas se estaban haciendo bien, pero los empleados eran el corazón de todo negocio.

Brandon se rio suavemente.

–¿Está escribiendo un libro o algo así?

–No, es que soy un poco cotilla –bromeó ella.

–Está bien, ¿por qué no? Esto es casi terapéutico –bromeó él también. Se quedó pensando un momento y añadió–: Bueno, a veces me pregunto por qué no contratan a camareros aquí, en el casino, en vez de contratar solo a mujeres. Los hombres podemos hacer ese trabajo igual de bien.

–Tiene toda la razón –asintió ella.

–Y luego está lo de nuestra sala de descanso –añadió Brandon–. Es de lo más triste. Unos sofás viejos, una nevera pequeña y una cafetera. Bueno, y una máquina expendedora con galletas y patatas fritas.

–Sí que suena triste –dijo ella riéndose–. De hecho, me recuerda a la sala de descanso que hay en el banco donde trabajo.

–¿O sea que los dos sobrevivimos cada día a la comida mediocre y los sofás incómodos? ¡Venga esa mano! –dijo Brandon alargando la suya.

Terri se la estrechó riendo, y anotó mentalmente apuntar después todas las quejas del barman. Podría hablar de ello con Cooper cuando volviera a verlo. ¡Vaya! ¿Era aquello lo que se sentía cuando una estaba al mando?, ¿cuando se tenía poder?

–¿Terri Ferguson?

Terri se volvió al oír su nombre, y se encontró con un hombre de pelo rubio y ojos castaños que vestía un traje con un corte impecable.

–Sí, soy yo.

–Un placer conocerla –dijo él, tendiéndole la mano–. Soy Dave Carey, el asistente de Cooper.

–Ah. Encantada –respondió ella con una sonrisa, estrechándole la mano.

Dave se volvió hacia el barman y le dijo:

–¿Qué tal, Brandon? Veo que ya has conocido a la nueva copropietaria del StarFire.

–¿La nueva...? –repitió Brandon en un tono quedo, preocupado–. Señorita Ferguson... ¡Cuánto lo siento! Perdóneme. Nos dijeron que llegaría pronto, pero no sabía que era usted...

–No pasa nada. No podías saberlo –respondió ella, tratando de aplacar el pánico que veía en sus ojos.

–¿Hay algún problema? –inquirió Dave, mirándolos a uno y a otro, como si hubiese advertido lo tenso que se había puesto el barman.

–No, claro que no –se apresuró a decir Terri.

Sin duda, Brandon estaría repasando frenético su conversación y preguntándose si habría dicho algo de lo que podría acabar arrepintiéndose. Miró un instante a Dave y luego a ella, con un ruego silencioso de que no mencionara lo que habían estado hablando. Terri se volvió hacia Dave con una sonrisa y le dijo:

–Brandon ha sido muy amable; me estaba diciendo que hay una sala de cine en la tercera planta. He estado recorriendo un poco el hotel, pero eso no lo he visto. No puedo creerme que haya un cine dentro del hotel. Por cierto, ¿cómo ha sabido dónde encontrarme?

Dave se sentó en el taburete que estaba a su lado.

–No ha sido difícil –dijo señalando una pequeña cámara en un rincón, cerca del techo–: cámaras de seguridad. Están por todo el hotel.

Brandon se alejó para atender a otro cliente, pero no sin antes agradecerle a Terri con la mirada el cable que le había echado.

–¿O sea que ha estado observándome todo el tiempo? Eso es un poco inquietante.

–Hace que suene como si fuera un acosador –respondió Dave con una sonrisa–. No, puede estar tranquila. Es que estaba revisando las imágenes por un problema de seguridad y cuando la he visto aquí, sentada en la barra, se me ha ocurrido aprovechar para venir a presentarme.

Bueno, eso tenía sentido, pensó Terri.

–Ya, supongo que estará usted muy ocupado como para perder su tiempo viéndome deambular por el hotel –dijo riéndose azorada.

–Nunca estoy demasiado ocupado para observar a una mujer hermosa –contestó él–. Pero no en plan psicópata –bromeó.

Terri, ya más relajada, tomó su copa y bebió otro sorbo de vino.

–Gracias por el cumplido. Aunque sí que es un poco inquietante que haya cámaras grabándolo todo. Quiero decir… entiendo que son necesarias… es solo que…

Dave asintió.

–La entiendo. En cierto modo con estos sistemas modernos hemos perdido la privacidad.

–Exacto.

Era una pena que no le fuera tan fácil hablar con Cooper Hayes como con su asistente.

–Aun así, creo que a la mayoría de la gente no le importa sentirse vigilada a cambio de sentirse más segura.

–Supongo que no –asintió Terri–. O puede que sea que no se fijan en las cámaras y no son conscientes de que están grabándolos.

–Tal vez –concedió él, encogiéndose de hombros antes de cambiar de tema–. ¿Qué le parece el hotel?

–Es precioso –respondió ella–. Como le digo, he estado explorando un poco, porque quería familiarizarme con mi nueva vida, por así decirlo, aunque hay tanto que ver que con una hora o dos se queda una corta.

–¿Y lo ha conseguido? ¿Familiarizarse con su nueva vida?

Su tono era juguetón, como si estuviera flirteando con ella. Terri se rio y sacudió la cabeza.

–Todavía se me hace imposible.

–Lo entiendo –Dave llamó al barman con un gesto y le pidió una cerveza–. Debe ser difícil para usted, habiendo sido todo esto tan repentino…

Terri no sabría decir si estaba siendo comprensivo o paternalista con ella, pero como estaba mostrándose tan agradable, decidió concederle el beneficio de la duda.

–Es muy extraño –admitió–, aunque creo que para mi madre el shock ha sido aún mayor.

Brandon, el barman, se acercó un momento con la cerveza de Dave antes de dejarlos a solas de nuevo.

–¿Su madre adoptiva no sabía que su padre biológico era Jacob Evans? –le preguntó Dave a Terri.

–No. En esa época la identidad de las personas que daban a sus hijos en adopción era una información que no se facilitaba a quienes adoptaban. Para mí lo único que cuenta es que tuve mucha suerte, y estoy agradecida a mi padre biológico por haberme dado en adopción.

Dave puso su mano sobre la de ella para apretársela suavemente.

–Estoy seguro de que se habría alegrado si lo hubiera sabido –dijo, y volvió a apartar la mano.

Terri sintió una punzada de tristeza por aquel padre al que no había llegado a conocer.

–¿Tenía usted mucho trato con él?

–Ya lo creo; lo conocía desde hacía diez años –Dave tomó un sorbo de su cerveza–. No era fácil de tratar, pero era un empresario brillante. Creo que Cooper echará en falta sus consejos –hizo una pausa y añadió–: Pero usted tiene intención de ocupar su lugar, ¿no? De hacerse cargo de sus responsabilidades al frente de la compañía, quiero decir.

Aquella pregunta hizo que la asaltaran los nervios, pero sí, estaba dispuesta a aceptar el desafío. Además, aprendía rápido.

–Sí, esa es mi intención. Sé que no será fácil –dijo tomando otro sorbo de vino–, pero estoy segura de que en poco tiempo me pondré al día.

–Pues claro –asintió él–. Además, nadie espera que lo sepa todo nada más llegar, y yo estaré encantado de ayudarla en lo que pueda.

–Gracias. Es muy amable.

Terri tomó otro sorbo de vino mientras estudiaba a Dave por encima del borde de su copa. Era guapo, refinado, amigable…, pero no la hacía sentirse nerviosa como Cooper.

–Creo que ya ha conocido a Cooper, ¿no? –le preguntó Dave.

–Sí, me acompañó a mi suite.

–Vaya, estoy impresionado –comentó él riendo–. Conseguir apartar a Cooper diez minutos del trabajo es todo un logro. Siempre está hablando de todo lo que hay que hacer y no para un minuto, lo que significa que yo tampoco. Cooper espera de los que le rodean que muestren el mismo grado de compromiso que él. No tiene tiempo para nada más que para el trabajo, así que si en algún momento le parece que está ignorándola, no se lo tome como algo personal. Además, el encontrarse de pronto con una nueva socia lo tiene un tanto contrariado.

Un socio adicto al trabajo que esperaría que ella diera también el cien por cien… Bueno, a ella no le asustaba el trabajo, y le demostraría lo que valía.

De pronto se oyó un ruido como de campanillas. Terri se giró y vio a una mujer de unos sesenta años que estaba chillando «¡ay, Dios, he ganado!» mientras un grupo de curiosos la rodeaba.

La emoción de la mujer la hizo sonreír y en medio de la algarabía oyó que Dave le decía:

–La gente viene a Las Vegas desde todos los rincones del mundo con la esperanza de tener un golpe de suerte, pero usted lo tuvo antes de llegar.

Terri le sonrió y paseó la mirada por el casino. ¿Un golpe de suerte? Sí, eso parecía, pensó, aunque no estaba segura de que pudiera llamarlo así.

Un par de días después Terri estaba sola en el balcón de su suite, observando el atardecer, aunque a una distancia prudente de la barandilla porque le daban un poco de miedo las alturas. Su suite era como un palacio, y para cualquier cosa que quisiera no tenía más que llamar al servicio de habitaciones o al conserje, pero no acababa de sentirse cómoda. Era incapaz de tumbarse a la bartola en el sofá y ponerse a ver una película, o de meterse en la inmensa bañera y relajarse. Ni siquiera se encontraba con ánimo de llamar a Jan. Estaba nerviosa y un sinfín de pensamientos ocupaban su mente.

Durante esos dos días se había sumergido de lleno en el negocio, y había descubierto que había tantas cosas que no sabía que estaba abrumada. Dave había cumplido su palabra y la había llevado a la planta donde estaban las oficinas de Hayes Corporation, donde le había presentado a un montón de gente.

También había asistido a una reunión, aunque le había costado concentrarse en lo que se estaba hablando con la gélida mirada de Cooper fija en ella. La había estado observando como si estuviese analizándola, y luego, apenas había terminado la reunión, en vez de quedarse a hablar con ella, había desaparecido. Y eso la irritaba tanto…

A pesar de lo amable que Dave había sido con ella, no podía evitar preguntarse si no debería ser Cooper quien la estuviera ayudando a adaptarse. Al fin y al cabo era su socio. ¿Por qué estaba evitándola? Y lo más importante: ¿por qué le molestaba tanto que estuviese evitándola?

¿La estaba ignorando a propósito? ¿Estaba intentando hacer que se sintiese incómoda para que renunciase a aprender más sobre el negocio y se marchase?

¿O es que la consideraba tan insignificante que no la consideraba digna de su tiempo? Fuera como fuera, su comportamiento era insultante. Le gustara o no, ahora ella era su socia, y no se merecía que la tratara así.

Cuando llamaron a la puerta casi atravesó el salón corriendo, ansiosa como estaba por encontrar cualquier distracción con la que apartar esos pensamientos de su mente.

Sin embargo, cuando abrió la puerta se quedó paralizada al ver a Cooper frente a ella. No pudo evitar fijarse en lo bien que le sentaba el traje que llevaba, y en que tenía aflojada la corbata y desabrochado el cuello de la camisa. Probablemente para él era el equivalente de ir informal.

–Cooper… ¿A qué has venido?

Ya que iban a ser socios, le había propuesto que se tutearan, y al menos a eso no se había opuesto.

Cooper, que tenía una mano apoyada en el marco de la puerta, se pasó una mano por el cabello.

–Quería hablar contigo.

–Me sorprende, después de haberte pasado ignorándome dos días.

Cooper frunció el ceño.

–Estaba trabajando. Mira, ya va siendo hora de que hablemos, eso es todo.

Terri entornó los ojos, suspicaz.

–¿Sobre qué?

En vez de contestar a su pregunta, Cooper comentó:

–Te has defendido bien en la reunión de hoy.

No era cierto, y Terri lo sabía. Con tantos datos y cifras se había sentido tan intimidada que apenas había hablado. Cuando le habían preguntado había dado su opinión, claro, aunque tampoco había sido muy a menudo.

–En realidad, no –dijo–. Mi único mérito fue no hacerme un lío al hablar las pocas veces que intervine.

–Eres demasiado modesta –replicó él, apartándose de la puerta–. ¿Has comido?

–Aún no. Es temprano, pero iba a llamar al servicio de habitaciones dentro de un rato.

–No será necesario –Cooper le tendió una mano–. Ven conmigo; quiero enseñarte algo.

Había un destello desafiante en sus ojos, y Terri, que no estaba dispuesta a arredrarse, puso su mano en la de él. Cuando sus dedos se cerraron sobre los de ella sintió como un cosquilleo eléctrico que le subió por el brazo y se extendió por su pecho.

Por la sorpresa que asomó brevemente a las facciones de Cooper, supo que él también había sentido algo. ¿Podría ser que él también se sintiera atraído por ella, y que estuviera luchando, como ella, contra esa atracción?

Capítulo Cuatro

–¿Adónde vamos? –le preguntó Terri a Cooper, que la llevaba de la mano por el pasillo.

–Enseguida lo verás.

La subió de nuevo al ascensor y pulsó el botón de la azotea.

–¿La azotea? –inquirió Terri, mirándolo confundida–. ¿Debería preocuparme? –le preguntó medio en broma.

–¿De qué?

–De que pueda tener una caída «accidental».

Cooper resopló.

–Jamás te empujaría desde la azotea de mi hotel; sería demasiado evidente que lo hice yo.

–Ah, bueno, ya me siento mejor.

Terri vio asomarse una fugaz sonrisa a sus labios.

–Has visto demasiadas películas.

–No soy muy de películas; soy más de libros.

–Pueden gustarte ambas cosas –apuntó él.

–No –le aseguró ella–, la verdad es que no.

–Libros, películas… es igual –contestó Cooper cuando el ascensor se detuvo–, aquí no hay malos, así que no tienes por qué preocuparte. No somos enemigos.

¿No lo eran? Pues por lo que le había dicho Dave,

parecía que no estaba precisamente encantado con que le hubieran impuesto de repente una nueva socia.

–Y si no somos enemigos, ¿qué somos?

–Buena pregunta.

Las puertas del ascensor se abrieron. Cooper salió y le tendió su mano de nuevo. Su miedo a las alturas hizo a Terri vacilar. Podría excusarse de algún modo, volver a su suite, y quedarse sin saber por qué había querido llevarla a la azotea. Además, perdería una oportunidad de hablar a solas con él y de encontrar, quizá, algo en común con él, algo que pudiera ayudarlos a entenderse mejor. O podría luchar contra su miedo e ir con él.

Y como nunca dejaba que el miedo la hiciese echarse atrás, decidió que sí, que iba a salir a la azotea con Cooper. Al tomar su mano la mirada de Cooper se suavizó, y cuando los dedos de él se cerraron sobre los suyos, los latidos de su corazón se dispararon.

–Dios mío… –murmuró parándose en seco al salir del ascensor.

Soltó la mano de Cooper y miró maravillada a su alrededor. Jamás habría esperado encontrar algo así en una ciudad en medio del desierto: el jardín más hermoso que había visto en toda su vida, una fantasía de flores, árboles en grandes maceteros y plantas trepadoras por el que discurrían caminos hechos con mosaicos de guijarros.

–Es… precioso –susurró, en un tono casi reverente.

–Sí que lo es –asintió Cooper–. Mi padre comenzó a construirlo cuando yo era un chiquillo –le explicó mientras caminaban por uno de los senderos–. Vivíamos aquí la mayor parte del tiempo y quería que pudiera jugar al aire libre.

–¿En serio? –inquirió ella sobresaltada–. ¿Te dejaba salir a jugar en la azotea?

Cooper se rio.

–Si te fijas bien verás que todo el contorno está protegido por una barrera de plexiglás. A menos que seas capaz de trepar por un metro de hormigón y luego el metro y medio de la barrera de plexiglás, es imposible caerse.

–Bueno es saberlo –respondió Terri.

–Cuando yo era niño mi padre tenía aquí hasta un minigolf –comentó Cooper.

–¿En serio? –inquirió ella, girando la cabeza hacia él.

Le gustaba que estuviese compartiendo esos detalles personales con ella. Quizá aquel fuera el primer paso para que se conocieran un poco mejor.

–Todo el mundo necesita un lugar donde relajarse. Este era el de mi padre –contestó Cooper, mirando a su alrededor–. Cuando murió, decidí mantenerlo, y desde entonces he ido poniendo en él mi granito de arena. Pasábamos aquí mucho tiempo juntos. Ahora estoy siempre tan ocupado que no subo muy a menudo.

–Pues deberías sacar tiempo para hacerlo –le dijo ella, deteniéndose junto a una pérgola con una enredadera cuyas flores colgaban del techo como una cortina.

A unos pasos había sillones y sofás de mimbre e incluso una pequeña cascada artificial, pero fue una mesa para dos, dispuesta con su mantel, sus cubiertos, sus platos y sus copas lo que llamó su atención. Un rincón de lo más romántico, que parecía la escena perfecta para una seducción.

Ese pensamiento hizo que le recorriera un cosquilleo de expectación. No había pasado mucho tiempo con Cooper, pero cada vez que lo veía sentía el fuerte magnetismo que había entre ellos. Tragó saliva y le preguntó:

–¿Y esa mesa?

Él se encogió de hombros.

–He pensado que podíamos cenar, aunque sea algo temprano. Cenar tenemos que cenar, así que… ¿por qué no aquí?

Porque estaban a solas y los estaba envolviendo la penumbra del anochecer. Porque las pequeñas luces blancas que parpadeaban en los árboles y en la pérgola creaban un ambiente mágico. De pronto la asaltaron los nervios.

Cooper ladeó la cabeza.

–¿Algún problema?

–No –replicó ella al punto–. Ningún problema.

Tal vez estuviera algo temblorosa, pero no se lo iba a dejar entrever. No era la primera vez que un hombre la miraba de esa manera, como si quisiese devorarla, pero sí era el primer hombre que despertaba ese mismo deseo en ella.

Claro que aquello no era una cita. Era una cena de negocios con su nuevo socio. Por más que pareciera que se había tomado demasiadas molestias para una cena de negocios.

–Bien –Cooper le tendió de nuevo su mano–. Ven. Quiero que veas algo antes de que llegue la cena.

Terri le dio la mano y Cooper la llevó hasta el extremo más alejado de la azotea. Cuando se detuvo, alzó la vista hacia él. Tenía la mirada perdida a lo lejos, y al girar la cabeza para mirar ella también en esa dirección, se dio cuenta de que estaban justo al borde del edificio.

Lo único que se interponía entre ellos y una caída de casi treinta pisos era una fina plancha de plexiglás fijada sobre el muro de hormigón. El vértigo le hizo apretarle la mano a Cooper.

–Vaya, esto es un poco inquietante –murmuró.

Cooper se rio.

–¿Aún te preocupa que vaya a empujarte?

–Claro que no. Aunque deberías saber que no pienso soltarte la mano así que, si me empujaras, te arrastraría conmigo.

Cooper sonrió divertido.

–¡Vaya! –exclamó ella, deslumbrada por esa sonrisa espontánea–. Deberías sonreír más a menudo.

–Tomaré nota. Entonces, ¿lo que pasa es que tienes miedo de las alturas?

–No –contestó Terri–; solo me da miedo caerme.

La risa de Cooper la envolvió como una cálida manta.

–Por eso no tienes que preocuparte; aquí no puedes caerte –le dijo Cooper–. Esto es lo que quería que vieras –dijo sonriéndole y señalando la ciudad con un movimiento del brazo que abarcaba toda la vista a sus pies.

Las farolas ya se habían encendido, pero la verdadera magia empezó en ese momento cuando, en la creciente oscuridad, como si fuese una danza coreografiada, comenzaron a encenderse las brillantes luces de neón que decoraban los casinos. Letreros eléctricos de todos los colores imaginables iluminaron la noche y Terri estaba tan fascinada que por un momento se olvidó de sus miedos y dio un paso más hacia la barrera de plexiglás.

–Es precioso…

–Sí que lo es –asintió él–. Me gusta venir aquí al atardecer y observar cómo va cobrando vida toda la ciudad.

Terri observó el rostro de perfil de Cooper mientras este observaba la ciudad, y le recordó a un rey de antaño, de pie sobre las almenas de su castillo, contemplando sus dominios. Y aun cuando giró la cabeza hacia ella, aquella imagen no se desvaneció: era tan guapo, y parecía sentirse tan cómodo con esa aura de fuerza y poder que emanaba de él, como con el elegante traje que llevaba.

Terri se apresuró a volver de nuevo la vista al frente y exclamó sorprendida:

–¡Vaya!, ¿y esa réplica de la Torre Eiffel?

–Es parte del Hotel París. ¿Has visto la original?

–No, nunca he estado en el extranjero.

–Pues deberías visitar París. Es impresionante.

Asintiendo para sí, Terri respondió:

–Lo pondré en mi lista.

Cooper se rio suavemente.

–¿Tienes una lista?

–Pues claro. Mi lista de deseos –contestó ella, girándose para mirarlo–: lugares que quiero ver algún día.

–¿Como por ejemplo?

Terri se encogió de hombros.

–Bueno, hay muchos sitios aquí mismo, en Estados Unidos, que me gustaría visitar, pero también quiero ir a París, a Londres, a Venecia. Para empezar.

–Es una lista muy completa.

–Supongo que tú ya habrás estado en todos esos sitios –le dijo Terri, ladeando la cabeza.

–En esos y en más –contestó él, volviendo de nuevo la vista al frente y cruzándose de brazos–. Tenemos hoteles en todo el mundo, así que a menudo tengo que viajar por negocios.

–¿Solo viajas por negocios? –Terri sacudió la cabeza–. Eso es un poco triste.

–Pues claro que no –replicó él–. Es la vida; es mi trabajo.

–Pero cuando uno tiene algo hermoso ante sí, debería tomarse su tiempo para admirarlo, para disfrutarlo.

Cooper giró la cabeza hacia ella.

–Y eso estoy haciendo –le dijo.

Una ola de calor invadió a Terri, que tragó saliva. Con una sola mirada, una sencilla frase, la hacía derretirse por dentro.

–Deberías ir a esos sitios a los que quieres viajar –le dijo Cooper.

–Eso es fácil de decir –respondió ella riéndose–, pero los viajes cuestan dinero y no he podido permitirme… –al darse cuenta de que aquella ya no era una excusa válida, no terminó la frase.

Ahora era rica, tan rica como para viajar en primera clase. O quizá incluso alquilar un jet. La sola idea le daba vértigo.

–Ya va calando, ¿eh? –observó él, asintiendo pensativo–: a partir de ahora puedes ir adonde quieras. Además, no hay nada que te retenga aquí, ¿no?

Una manera interesante de decirlo…

–¿Intentas deshacerte de mí?

–Si quisiera hacerlo, encontraría una manera mejor –dijo Cooper, tomándola del brazo para desandar el camino que habían hecho.

–¿Ah, sí? ¿Y cómo lo harías?

Cooper le soltó el brazo y le puso una mano en el hueco de la espalda en un gesto a la vez caballeroso y seductor. Aquel leve contacto desató una llamarada de calor por todo su cuerpo, como si la recorriese una lengua de fuego, algo desconcertante, pero también muy erótico.

–Podría ofrecerme a comprar tu parte del negocio.

Terri se paró en seco y alzó la vista hacia él.

–¿Comprar mi parte?

–¿Por qué te ofende tanto? –inquirió él, con una curiosidad aparentemente sincera–. Es una muy buena oferta. Y además, este no es tu mundo.

Terri se puso tensa por lo que implicaban sus palabras. Creía que no podía encajar allí, ¿era eso lo que pasaba? Se sentía insultada, pero… ¿no era lo que ella se había estado diciendo a sí misma desde el principio? Claro que una cosa era que una pensara algo así para sus adentros y otra muy distinta que se lo insinuaran. Irguió los hombros y levantó la barbilla, desafiante.

–Antes no era mi mundo; ahora sí lo es.

–¿Lo es? ¿O tu lugar sigue estando en Utah? Esto no es una aventura, Terri. Para mí no lo es. Ni para mis empleados.

–Nuestros empleados –lo corrigió ella, y vio, con satisfacción, cómo Cooper apretaba los dientes.

–Aunque Jacob te haya dejado la mitad de la compañía, ¿de verdad crees que su intención era que te hicieras cargo de ella? ¿Estás segura siquiera de poder hacerlo?

–Hasta que no lo intente no lo sabré, ¿no?

Cooper apretó la mandíbula.

–Hayes Corporation es mi mundo y pienso protegerlo.

–¿De mí? ¿Tan peligrosa te parezco?

Una sonrisa pícara se dibujó lentamente en los labios de Cooper, y sus ojos se oscurecieron.

–Ya lo creo; muy peligrosa.

Terri no se dejó distraer por el calor que afloró en su vientre.

–Mi padre quería que viniera.

Se sintió bien al decirlo en voz alta, al recordarle a ambos que tenía derecho a estar allí.

–Es verdad –asintió Cooper–, pero me pregunto si quería también que te quedaras.

Eso jamás podría saberlo, pero sentía que debía intentarlo, que se lo debía a sí misma.

–Eso es decisión mía.

–¿No será que crees que le debes algo a ese padre al que no llegaste a conocer?

Terri sintió que la ira se apoderaba de ella.

–¿Estás intentando que me vaya?

Cooper fue hasta la mesa que les habían preparado, les sirvió a ambos vino blanco y le tendió una de las copas. Terri tomó un sorbo para tratar de calmarse.

–Mira –le dijo Cooper–, los dos nos encontramos en una situación que no nos esperábamos.

–Eso es cierto –murmuró ella.

Cooper esbozó una media sonrisa.

–Sí, y lo único que digo es que nos demos unos días, a ver qué pasa, que vayas aprendiendo lo que puedas del negocio y…

–¿Lo que pueda? –repitió ella.

–No pretendo ofenderte, pero tienes mucho por aprender. Asiste a las reuniones, pregunta lo que necesites, familiarízate con el hotel.

–Ya he hablado con algunos empleados –le dijo Terri, aceptando esa media disculpa de Cooper por tomarla por tonta.

–No me refería a eso –le espetó él–. No aprenderás lo que necesitas saber sobre la compañía hablando con tres o cuatro empleados al azar.

–En eso te equivocas –replicó ella–. ¿Quién puede darme una idea más ajustada de cómo funciona por dentro el negocio?, ¿los directivos sentados en sus despachos, o los empleados de base?

***

Cooper consideró sus palabras y se dio cuenta de que en cierto modo tenía razón.

–Vaya… no eres como esperaba –murmuró.

–Gracias por el cumplido –respondió ella con una sonrisa de oreja a oreja.

–¿Crees que es un cumplido?

–Desde luego. Hasta ahora siempre había hecho lo que se esperaba de mí: estudiaba mucho para complacer a mis padres, me matriculé en varias asignaturas de Empresariales en la universidad para ayudarles con el restaurante aunque no tenían nada que ver con la carrera de letras que había elegido… Acepté ese trabajo de cajera en el banco porque era algo seguro, salí con buenos chicos de lo más aburridos… –exhaló un suspiro–. Soy una de esas personas con alma rebelde que se sienten obligadas a seguir las reglas.

Cooper se rio al oírle decir eso, y cuando ella le lanzó una mirada furibunda levantó las manos en son de paz. No podía permitirse enojarla; se suponía que la había llevado allí para ser amable con ella.

–Perdona, no estaba riéndome de ti. Pero es que… si tienes un alma rebelde, ¿por qué no te dejas llevar de vez en cuando por esa rebeldía?

–En cierto modo sí lo hago –replicó ella, dejando su copa en la mesa–. Digo lo que pienso, incluso cuando sé que eso puede causarme problemas.

–¿Y si sabes que puede causarte problemas, ¿por qué lo haces?

–Porque mentir está al orden del día, y no hay nada que me moleste más. Si me dieran a escoger, yo siempre preferiría la verdad, por dura que sea, a una mentira piadosa.

–¿Y cómo te va eso de decir siempre la verdad?

Terri contrajo el rostro.

–A veces no demasiado bien. Pero no es que pretenda hacer daño a nadie…

En Las Vegas las mentiras eran el pan nuestro de cada día. Para suavizar un acuerdo de negocios siempre se exageraba, cuando uno tenía una cita siempre prometía que volverían a verse, aunque no fuera a ser así… ¿Y no le había mentido Jacob, en cierto modo, durante años, al ocultarle que tenía una hija a la que iba a dejarle su mitad del negocio?, se dijo Cooper. Había dejado que esa mentira echara raíces, permitido que él hiciera planes de futuro, creyendo que a su muerte él sería el propietario único de Hayes Corporation.

En ese momento se oyó un timbre, y Cooper dejó su copa en la mesa para ir a abrir una puerta junto a unos arbustos por la que salió un camarero con un carrito de servicio.

–No hace falta que sirvas la comida, James; ya lo haremos nosotros –le dijo.

El camarero asintió.

–Buenas noches, señor. Buenas noches, señora –se despidió antes de marcharse.

Cuando se hubo ido, Terri murmuró:

–No sé si me gusta eso de que me llamen señora.

–Si te hace sentir mejor, cuando te miro yo no veo a una señora.

Terri enarcó una ceja.

–¿Y qué es lo que ves?

–Un quebradero de cabeza.

Terri sonrió divertida.

–O sea que no soy como esperabas, y además soy un quebradero de cabeza para ti... ¿Sabes?, están empezando a gustarme esas frases cortas tuyas.

–¿Por qué perdemos el tiempo hablando? –inquirió él, avanzando hacia ella.

–Pues... no lo sé –murmuró Terri, tragando saliva.

Cooper no tenía pensado besarla. De hecho, sabía que hacerlo podría desbaratar sus planes, pero en ese momento no podía pensar en otra cosa que no fuera en besarla, allí, bajo el cielo nocturno, con las luces de la ciudad brillando a su alrededor.

–¿Qué haces? –le preguntó ella en un hilo de voz.

–Estoy pensando en besarte.

–¿Y cuánto más vas a pensártelo?

Cooper no se hizo de rogar más. Sonrió y la atrajo hacia sí, deslizó los dedos por entre sus cabellos para sujetarle la cabeza mientras posaba sus labios sobre los de ella. Aquel primer contacto lo abrasó, y le abrió los labios para deslizar la lengua dentro de su boca y enroscarla con la suya. Terri suspiró y su aliento se mezcló con el de él, haciendo el momento aún más íntimo.

Llevaba días fantaseando con aquello, y por eso había estado evitándola. Introdujo una mano por debajo de su blusa roja y agarró por debajo uno de sus senos, cubiertos por un sujetador de encaje. Terri se estremeció, y él se excitó de inmediato. Se moría por explorar cada centímetro de su cuerpo, tomándose su tiempo para hacerlo.

Terri suspiró de nuevo, y se inclinó hacia él cuando le acarició el pezón con el pulgar. Reprimió un gruñido de placer y bajó la mano a sus nalgas, apretándola contra su tirante entrepierna.

Deslizó la otra mano entre ambos para poder tomar en ella su monte de Venus, y al hacerlo Terri dio un respingo y separó las piernas. Era justo lo que quería, pero no era suficiente. Quería tocarla de una forma más íntima, y no podía esperar.

–Por mí no os cortéis, no quiero interrumpir –dijo una voz de pronto, detrás de ellos–. Bueno, sí, perdonad que os interrumpa.

Capítulo Cinco

Cooper despegó sus labios de los de Terri, apoyó su frente en la de ella y maldijo para sus adentros. Conocía esa voz. No la oía desde hacía casi dos años, pero sería difícil que la olvidara. Celeste…

Terri miró por encima de su hombro y se quedó boquiabierta.

–¡Es Vega! ¡Madre mía! –exclamó–, ¡es Celeste Vega!

Al volverse, Cooper vio que una sonrisa de satisfacción había iluminado las bellas facciones de Celeste.

–Ah, me conoces… ¡Qué mona! –dijo avanzando hacia ellos. Soltó en una silla el bolso que llevaba colgado, tomó la copa de Cooper para tomar un largo trago y miró a Terri con una sonrisa–. Sí, soy Vega. Y me encanta venir a Las Vegas porque los periódicos siempre titulan: «Vega en Las Vegas». ¡Es tan simétrico! –murmuró.

Cooper reprimió un gruñido de fastidio. La repentina aparición de Celeste lo había fastidiado todo, y estaba perdiendo la paciencia por momentos.

–¿A qué has venido? –le preguntó.

En vez de contestar, apuró el vino y le tendió la copa vacía diciéndole:

–He venido porque quería verte; ¿por qué sino? ¡Y qué encantador encontrarte aquí, en la azotea, donde compartimos tantos momentos juntos!

Cooper vio a Terri tensarse, y centró su atención, aunque de mala gana, en la intrusa. Seguía igual de hermosa. De hecho, Celeste, había sido portada de cientos de revistas, y había desfilado en las pasarelas de París y Nueva York.

Tenía el cabello castaño y corto, la piel dorada, y sus tentadores ojos almendrados empujarían a un hombre a hacer cualquier cosa. Sin embargo, Celeste ya no ejercía ningún efecto sobre él. Sobre todo después de que, dos años atrás, lo hubiera dejado por un hombre mucho mayor con un título nobiliario y unos cuantos millones más.

–Te lo preguntaré otra vez, Celeste: ¿a qué has venido?

Celeste puso morritos.

–Cualquiera dirías que no te alegras de verme –murmuró.

–¿Y cómo has subido aquí? –le exigió saber Cooper.

–Uno de tus empleados me dio acceso al ascensor privado. Y antes de que me lo preguntes, no, no voy a decirte quién fue. Seguro que lo despedirías por haber sido amable conmigo –le explicó–. Bueno, ¿no vas a presentarme a tu nueva amiguita?

–Soy Terri –intervino Terri, obviando su insolencia–. Terri Ferguson.

–¡Pero qué mona eres…! –murmuró Celeste–. No me extraña que nuestro Cooper estuviera tan ansioso por traerte aquí... ¡Si hasta te ha organizado una de sus famosas cenas íntimas! –exclamó, y le lanzó una sonrisa ladina a Cooper. Le pasó un brazo por los hombros a Terri y la condujo a la mesa–. No os importa que coma con vosotros, ¿verdad?

Cooper refrenó su irritación. Quizá fuera para bien que Celeste le hubiera aguado la fiesta, porque había impedido que fuera demasiado rápido con Terri. Además, Celeste era como una fuerza imparable de la naturaleza. No le serviría de nada intentar deshacerse de ella. Sabía que no se iría a menos que llamase a seguridad para que la echaran. ¿Para qué habría ido allí, y qué estaría tramando?

A la mañana siguiente, sentada en el estudio de su suite, Terri miró abrumada la montaña de carpetas que tenía frente a sí. Había pedido que le trajesen información sobre los hoteles de la cadena, y ahora disponía de tanto material como para pasarse un año entero leyendo. Claro que, para entender cómo funcionaba la compañía, tenía que empaparse bien de todos esos datos.

El problema era que aún se sentía como un pez fuera del agua. Sobre todo ahora, después del encuentro con Celeste Vega la noche anterior. Era evidente que había habido algo entre la modelo, de fama mundial, y Cooper. Y también lo era que a este no parecía haberle hecho mucha gracia que Celeste se hubiera presentado allí de improviso.

«Sus famosas cenas íntimas». El eco de aquellas

palabras resonaba en su mente. La noche anterior había creído que aquel era un gesto especial que Cooper había tenido con ella. ¿Podía ser que solo fuera para él una más en su lista de posibles conquistas? No, ella no era una de esas mujeres; era la copropietaria de aquel hotel, de aquella compañía. Y pasara lo que pasara entre ellos, eso no iba a cambiar.

Además, solo se habían besado; no tenían una relación ni nada de eso. Aunque había sido un beso bastante espectacular. Se estremeció de solo recordar la sensación de los labios de Cooper sobre los suyos, de sus manos subiendo y bajando por su cuerpo, de cómo la había dejado sin aliento y descolocada. ¿Quería algo más de Cooper que simple respeto y que reconociera su derecho a estar allí? No estaba segura.

¿Qué más daba todo eso?, se dijo tomando resuelta la primera carpetilla del montón. Miró la foto de la portada y leyó el título: «Hayes Londres». Bueno, por algún sitio había que empezar. En ese momento en el móvil le sonó el aviso de una solicitud de vídeochat, y al ver que era de su madre, pulsó de inmediato el botón para contestar.

–¡Hola, mamá! –la saludó con una sonrisa.

–¡Hola, mi niña! –contestó Carol Ferguson–. ¿Cómo va todo?

–Pues no sabría decirte –murmuró Terri, echándose hacia atrás–. ¿Cómo está Daisy?

–Estupendamente. Se ha hecho dueña y señora del sofá, tiene acobardado al chihuahua de los vecinos, ha desenterrado los bulbos de los tulipanes de tu tía Connie y ahora mismo está roncando –su madre giró el teléfono para que viera su adorable perrita despatarrada en el sofá–. Y ahora, cuéntame cómo estás tú.

–Pues… el hotel es impresionante, y en general hasta ahora todo el mundo ha sido muy amable conmigo. Me alojo en una suite en lo más alto del hotel y…

–Vaya… –murmuró su madre contrayendo el rostro–. ¡Qué mala suerte que no tuvieran alguna en la primera planta!

Terri sonrió. Era estupendo poder hablar con alguien que la conocía tan bien.

–No lo llevo mal. Anoche incluso subí a la azotea con Cooper.

–¿Ah, sí? –murmuró su madre, muy interesada–. Conque con Cooper, ¿eh? ¿Es tan guapo al natural como en las revistas?

–Más que en las revistas –admitió ella.

–¿Y por qué te llevó a la azotea?

Buena pregunta, pensó Terri. Al principio había creído que había sido para compartir con ella las maravillosas vistas que se divisaban desde allí. Y luego que su intención había sido compartir con ella una cena romántica, pero ahora ya no lo tenía nada claro.

–Quería enseñarme las vistas y la verdad es que es precioso, aunque da un poco de miedo mirar abajo desde tan alto.

–Ajá. ¿Y algo más?

–Pues, de repente apareció Celeste Vega.

–¿Celeste Vega? ¿Estamos hablando de esa Celeste Vega? –inquirió su madre, enarcando las cejas.

Terri asintió. Su madre era adicta a las revistas del

corazón; las compraba cada semana y estaba al día de todas las noticias relacionadas con los famosos.

–¿Es tan perfecta en la realidad como en las revistas o es que retocan las fotos? Siempre me lo he preguntado. Hoy en día ya no te puedes fiar. Son capaces de hacer que un *troll* parezca una belleza.

Terri se rio.

–Desde luego un *troll* no es. No, de hecho es aún más hermosa en la realidad. Es alta, elegante... e intimida un montón.

–¿Por qué? –replicó su madre–. Sí tú también eres preciosa.

–Gracias, mamá, ya sé que tu opinión como madre no es nada sesgada –dijo Terri sonriendo, antes de continuar–. Y volviendo a Celeste... bueno, no sé, parece muy simpática...

Cuando se quedó callada, su madre le preguntó:

–¿Detecto un pero?

–No, no hay ningún pero –se apresuró a asegurarle Terri.

No quería contarle a su madre lo de la cena romántica que Cooper había organizado, ni lo del beso, ni la interrupción de Celeste, ni que había descubierto que ella no era la única a la que Cooper había llevado a la azotea.

Con un suspiro, añadió:

–Es solo que me está costando un poco hacerme a esto. Me siento algo perdida, pero me adaptaré. Esto es una oportunidad increíble, y voy a aprovecharla.

–¿Y por qué no te está ayudando tu nuevo socio a aclimatarte? –inquirió su madre frunciendo el ceño.

–Está muy ocupado dirigiendo la compañía, mamá –dijo Terri, levantándose para ir a sentarse en el sofá–. Pero su asistente, Dave Carey, es muy solícito. Me ha enseñado las oficinas, me ha presentado a todo el mundo y me ha dicho que me ayudará en todo lo que pueda.

–Bueno, siendo así… Al menos hay alguien dispuesto a echarte un cable. Pero si todo va bien, ¿por qué no estás contenta? –inquirió. Y antes de que Terri pudiera responder, añadió–: Y no te molestes en negarlo; se te nota en la cara. Es evidente que te sientes inútil y fuera de lugar.

Terri se rio y se pasó una mano por el cabello.

–¿Eres adivina o algo así?

–No, soy tu madre y por eso lo sé –su madre giró la cabeza y gritó–: ¡Ahora mismo bajo, Connie! –sacudió la cabeza y le dijo a Terri–: Perdona, tesoro, tu tía y yo nos vamos a jugar al tenis con unos amigos, y ya sabes lo maniática que es con la puntualidad. Entonces, volviendo a lo nuestro, no te sientes muy cómoda, ¿no?

–Es que no sé muy bien qué hago aquí, mamá.

–¡Pero eso es normal! No llevas ahí ni una semana. Date tiempo, cariño. Siempre le das demasiadas vueltas a las cosas. Tienes que confiar en tu instinto. Eres una chica lista y capaz –le dijo su madre–. ¿Cómo era eso que solía decirte tu padre?

Terri esbozó una sonrisa triste y, remedando la voz grave de su padre, dijo:

–«Terri, cariño, no hay nada que no puedas hacer».

–Exacto –asintió su madre–. Pues deja de dudar de ti misma y enséñales de lo que es capaz una Ferguson cuando se lo propone.

–Lo haré –respondió ella con una sonrisa, mirando con cariño a la mujer que la había criado y le había enseñado a valerse por sí misma–. Te quiero, mamá.

Carol le lanzó un beso.

–Y yo a ti. ¡Ay, por amor de Dios, ya está tu tía Connie subida en el coche y tocando el claxon. A los vecinos les va a dar algo.

Terri se rio.

–Es mejor que vayas. Y gracias, mamá; por todo.

Cuando hubo colgado, volvió al escritorio, se sentó y tomó de nuevo la carpeta del hotel de Londres. Las fotografías eran preciosas y estaba segura de que los informes de gerencia contendrían mucha información útil, pero lo que de verdad quería saber era qué opinaban los huéspedes de su estancia en el hotel, así que soltó la carpeta y encendió el ordenador. Leería opiniones de los clientes, revisaría blogs de viajes que lo mencionasen y…

–¡Oh, no…!

El navegador tenía como página de inicio un buscador que incluía las noticias más destacadas, y en la esquina derecha podía leerse:

Revuelo en Hayes Corporation: la hija de Jacob Evans hereda la mitad de la compañía. ¿Cómo afectará al precio de las acciones? ¿Estará Cooper Hayes dispuesto a compartir la gestión con ella?

Dios… Hasta los medios dudaban de ella. Pero no iba a desanimarse, se dijo con firmeza. Todo el mundo se llevaría una sorpresa cuando les demostrara su valía.

Dave miró a la mujer de pie frente a él en su despacho, y supo que había hecho lo correcto al llamarla.

–Es muy poquita cosa –dijo Celeste, paseándose arriba y abajo con la elegancia de un gato–. No sé por qué te preocupaba tanto. Es aburrida y sus pechos son demasiado grandes.

Personalmente, a Dave le parecía que Terri tenía un cuerpo estupendo, pero sabía que a Celeste no le haría gracia oír eso. Como la mayoría de las mujeres hermosas, prefería creer que solo ella era capaz de captar la atención de un hombre. De hecho, no le extrañaba que hubiese tenido hechizado a Cooper dos años atrás, y estaba seguro de que lo único que tenía que hacer era manipular la situación un poco para que volviese a encapricharse de ella y perdiese el interés por Terri.

–Eso no parece importarle mucho a Cooper –apuntó.

Observó con satisfacción un destello de ira en los ojos ambarinos de Celeste. Bien. Aunque no sintiera nada por Cooper, su ego jamás le permitiría perder ante otra mujer.

Celeste inspiró profundamente y asintió con la cabeza.

–Eso es porque le hice un daño terrible cuando

corté con él. Debe haberse sentido tan solo todo este tiempo…

Dave giró su asiento hacia la ventana para poner los ojos en blanco sin que Celeste lo viera. Probablemente sí le habría hecho daño a Cooper, pero tampoco podía decirse que él se hubiera recluido y se hubiera pasado todo el día llorando. No, lo que había hecho había sido tirarse a la mitad de las mujeres de Las Vegas, pero eso no venía al caso.

–Seguro que es por eso –dijo, volviéndose de nuevo hacia ella–. Pero la cuestión es que necesitamos que pierda el interés por Terri para que se dé cuenta de que este no es su lugar.

Celeste hizo un gesto desdeñoso con la mano.

–Por favor… Ahora que he vuelto dudo que el interés de Cooper por ella dure mucho más. Creo que lo que le atrae de ella es ese aire hogareño que tiene –murmuró–. ¿Te quieres creer que anoche, cuando él la llevó a la azotea, llevaba unos pantalones negros de algodón? ¿Te lo puedes imaginar? –sacudió la cabeza, como anonadada–. Pantalones de algodón…

Por lo que Dave había visto, a Cooper no le importaba demasiado lo que Terri llevara puesto. Parecía que estaba más interesado en quitarle la ropa.

–Es diferente, eso es todo –concluyó Celeste, poniendo los brazos en jarras–, y eso puedo arreglarlo.

Intrigado, Dave le preguntó:

–¿Cómo?

–Pues como se arreglan todos los problemas en la vida, David: yendo de compras –le contestó ella con una sonrisa gatuna. Solo le faltó ponerse a ron-

ronear–. La vestiremos con estilo y cuando Cooper la vea se dará cuenta de que aunque la mona se vista de seda, mona se queda, y que aquí no encaja.

–¿Qué? –dijo Dave frunciendo el ceño. Aquello no tenía sentido.

Celeste suspiró con impaciencia.

–Ahora mismo está pasando por alto que Terri no encaja aquí porque va vestida como una granjera. Por eso no está siendo demasiado crítico con ella. Pero cuando lleve la ropa apropiada, se dará cuenta de que la granjera sigue ahí y que este no es su sitio. ¿No lo ves?

–A mí me suena rebuscado –dijo Dave, sacudiendo la cabeza–. Hacerla aún más atractiva no hará precisamente que pierda interés en ella.

–No será algo inmediato –apuntó ella–. Ahora mismo Terri es una novedad para él, algo que lo tiene fascinado. Y aunque sabes que no la quiere aquí, en la compañía, quiere llevársela a la cama.

–Eso ya lo sé, y ese es el problema.

–No, esa es la solución. Lo que queremos es que se acueste con ella.

–¿Pero qué diablos estás diciendo?

–Qué triste, de verdad –murmuró Celeste con un suspiró dramático–. Los hombres creéis que el sexo lo soluciona todo, pero cualquier mujer te diría que el sexo lo único que hace es provocar otros problemas distintos.

–Explícate –le pidió Dave. Aquello no acababa de convencerlo.

–Cooper no quiere que sea su socia, pero la desea

–le explicó Celeste–. Pero una vez se haya acostado con ella, se encontrará con otros problemas. Ella empezará a acomodarse, lo seguirá a todas partes, mirándolo con ojos soñadores... Y eso acabará hartándolo y hará que quiera deshacerse de ella.

Dave se levantó y se metió las manos en los bolsillos del pantalón.

–Puede que tengas razón –dijo, aunque detestaba admitirlo.

–¿Puede? –Celeste se rio–. Te aseguro, David, que si de algo sé, es de hombres–. Además, me has pedido que viniera para ayudarte a deshacerte de ella, ¿no?

–Sí.

–Pues entonces, déjamelo a mí.

Dave sacudió la cabeza.

–Esto es demasiado importante para mí, Celeste. Para los dos. Tú quieres que Cooper vuelva contigo porque ese viejo conde que te habías buscado se murió antes de que pudieras echarle el lazo. Y yo quiero a Terri fuera de aquí para conseguir la recompensa que me prometió Cooper hace diez años. Así que si crees que voy a dejarte hacer y deshacer a tu antojo, es que te has vuelto loca.

–Está bien, pero no me estorbes, o le contaré a Cooper lo que estás tramando.

–Eso no sería muy inteligente por tu parte, Celeste, y tú siempre has sido una chica lista.

–Eso es verdad –contestó ella sonriendo–. De acuerdo, estamos juntos en esto.

Capítulo Seis

Al día siguiente Terri asistió a una reunión y escuchó con atención las intervenciones de todos los asistentes, pero esa vez estaba decidida a dar su opinión ella también. Se le había ocurrido una buena idea y se había propuesto hacerse oír, costara lo que costara.

Había diez personas sentadas en torno a la mesa de la sala de juntas, incluidos Cooper, que estaba sentado en una cabecera, y ella, que ocupaba la otra. Terri escuchaba en silencio, intentando seguir la conversación, pero, sobre todo, esperando el momento para intervenir.

Estaban hablando de la posibilidad de expandir aún más el negocio, y mientras que la mayoría de los miembros del consejo directivo estaban interesados en buscar nichos de mercado poco explorados, Cooper quería que construyesen más de un hotel en las principales ciudades del mundo, donde tenían más peso.

Terri consideraba interesantes ambos puntos de vista, y su idea tendía un puente entre ambos. Tal vez ya la hubiera propuesto alguien en una reunión anterior y la hubieran rechazado, así que corría el riesgo de hacer el ridículo, pero si iba a hacer de aquella su nueva vida, tenía que lanzarse.

Tamborileó con los dedos sobre la cubierta de la carpeta del hotel Hayes de Londres, que había leído de cabo a rabo. Sabía que era un cinco estrellas y que el restaurante del hotel contaba con dos estrellas Michelín, que se encontraba junto a Hyde Park, y que allí se alojaba mucha gente rica y famosa.

–Lo único que digo es que nos apuntaremos un tanto si construimos un nuevo hotel en esa zona, donde no hay ningún otro alojamiento de cinco estrellas –estaba respondiéndole un hombre canoso de traje negro a la mujer de rojo sentada frente a él.

–Y lo que yo digo –insistió esta– es que si no hay ningún hotel de cinco estrellas en esa zona puede que sea por una razón. Los clientes con un elevado nivel adquisitivo esperan algo más que unas vistas bonitas cuando reservan una habitación en un hotel, y ese sitio que sugieres está tan aislado que en vez de un hotel bien podría ser un monasterio de cinco estrellas.

Todo el mundo empezó a hablar a la vez, y Terri vio en que Cooper parecía irritado y al límite de su paciencia. Era el momento perfecto para intervenir.

–Perdón… –dijo. Al ver que nadie se callaba, lo dijo de nuevo, y un poco más alto–: ¡Perdón!

Estaba hecha un manojo de nervios, pero su voz sonaba firme. Todos giraron la cabeza para mirarla. Parecían tan sorprendidos como si un gato se hubiera transformado de pronto en un tigre. Bueno, en el fondo era comprensible, teniendo en cuenta que en las pocas reuniones a las que había asistido hasta entonces apenas se había atrevido a abrir la boca.

–¿Hay algo que quieras añadir, Terri? –preguntó Cooper fijando sus ojos en los de ella.

Por su expresión no parecía estar animándola a hablar, pero Terri decidió que no necesitaba su aprobación para hacerlo.

–Pues la verdad es que sí.

Dos de los hombres más mayores del consejo suspiraron, como hastiados. Ni siquiera parecía contar con el apoyo de las mujeres, sin duda porque habrían trabajado muchos años para ganarse su puesto en aquella mesa mientras que ella estaba allí por ser quien era.

–He estado repasando la información sobre el Hayes de Londres y…

–Estamos hablando de una ubicación en Praga –la cortó el hombre de negro, sin disimular su impaciencia.

–Ya lo sé –dijo Terri, pasando por alto su mala educación.

–No necesitamos otro hotel en Praga, y tampoco en Londres –intervino la rubia del vestido rojo.

Los demás empezaron a murmurar entre ellos, y Terri supo que no tendría otra oportunidad si no se daba prisa en hablar. Parecía que tendría que luchar por ser escuchada, y estaba dispuesta a hacerlo.

–Estaba hablando de Londres –dijo en voz bien alta para que le prestaran atención–. Estoy de acuerdo en que deberíamos tener otro hotel allí, como opina Cooper y…

–¡Cómo no! –exclamó el hombre de negro, resoplando con desdén–. Quiere congraciarse con él haciéndole ver que puede contar con su voto.

–Eli... –le llamó la atención Cooper.

El hombre desoyó su advertencia y le espetó, dando una palmada en la mesa:

–Cooper, ya hemos hablado de esto y...

–Si me deja terminar... –lo interrumpió Terri.

El hombre la miró, como anonadado de que lo hubiera puesto en su lugar con tanta facilidad.

–Gracias –dijo Terri cuando se quedó callado. Luego, dirigiéndose a todos, continuó–: He estado estudiando los datos relativos a nuestros principales hoteles –sí, había dicho «nuestros». Aún se le hacía raro, pero le pareció que era importante recordarles que, lo aprobaran o no, ahora era socia de pleno derecho–. Y lo más llamativo que he observado es que todos son tan exclusivos que nadie normal y corriente podría permitirse alojarse en uno de ellos.

La rubia de rojo exhaló un suspiro dramático y tamborileó en la mesa con sus uñas pintadas de carmín.

–Esa es la idea de un hotel de cinco estrellas.

–Lo sé –respondió Terri sin dignarse a mirarla–. Y adonde quiero llegar es a que estamos perdiendo muchos clientes potenciales.

–¿Y cuál es su sugerencia? –preguntó otro hombre, unos asientos más allá–. ¿Que una semana sí y otra no hagamos un descuento en el precio del cincuenta por ciento?

La expresión de Cooper permaneció inescrutable. Tampoco dijo nada, y Terri sabía que era porque estaba esperando, para ver cómo se desenvolvía sin su ayuda.

–No, esa no es la idea –respondió Terri, dedicando una sonrisa a aquel tipo tan grosero para hacer que se sintiera fatal–. Pero dejemos eso para luego –miró a todos de uno en uno y les explicó–: Lo que yo haría sería construir un segundo hotel en Londres, a modo de experimento. Podríamos llamarlo Hayes 2, para diferenciarlo del de cinco estrellas.

–¿Con qué propósito? –inquirió Eli con un suspiro de hartazgo.

–Ofrecer lujo a precios razonables –dijo Terri–. A familias, a parejas en su viaje de luna de miel, a jubilados que quieran viajar para conocer mundo…

Se oyeron algunos murmullos, pero nadie la interrumpió y Terri, tomándoselo como un pequeño éxito, decidió continuar.

–En ese Hayes 2 seguiríamos ofreciendo los servicios de cinco estrellas, pero también haríamos que estuviese enfocado a las familias y a esos otros clientes potenciales que he mencionado antes. Y podríamos apoyarnos en la industria turística de la ciudad: con cada estancia podríamos ofrecer tours en los famosos autobuses rojos de dos pisos de Londres, entradas a mitad de precio para subir al London Eye…

–Pero no se nos conoce por ofrecer vacaciones en familia –masculló Eli.

–Lo sé, pero eso no significa que no podamos hacerlo –le dijo Terri, antes de pasear la mirada por el resto de la mesa–. Si ofrecemos a la familia un lugar hermoso y seguro donde alojarse, vendrán. Los adultos estarán más tranquilos sabiendo que es un espacio pensado también para los niños, y los jubilados disfrutarán alojándose en un hotel con todas las comodidades sin desangrar sus ahorros. Y si con Londres funciona, y creo que lo hará, podemos hacerlo en otros países –plantó las manos sobre la carpeta frente a sí–. En todas las ciudades donde haya un hotel Hayes construiremos un Hayes 2. Seremos un hotel exclusivo para todo el mundo, no solo para los más ricos.

Silencio. Eso podía ser bueno, o malo. Era difícil decir qué estarían pensando, pero al menos ninguno de los presentes había gritado que aquello era una ridiculez y se había marchado iracundo.

–Bueno, nunca nos lo habíamos planteado –murmuró Eli, dándose golpecitos en el labio superior con el dedo.

–Y quizá deberíamos haberlo hecho –intervino Cooper. Y al instante la atención de todos se centró en él–. Es una idea interesante –continuó–. Aunque necesitaremos cifras concretas. Quiero saber cuántas familias van de vacaciones a las grandes ciudades. Qué hacen, cuánto se gastan... –giró la cabeza hacia un hombre de unos cuarenta y tantos–. Ethan, búscame toda la información que puedas para mañana.

–Hecho.

–Y quiero sugerencias de ubicaciones para ese posible hotel en Londres –dijo Cooper. Miró a la rubia de rojo–. Sharon, tú te encargarás de eso.

–De acuerdo –dijo esta.

–Y mañana por la tarde nos reuniremos de nuevo para discutirlo –añadió Cooper–. Todos aquí a las tres.

Mientras los demás salían, Cooper, aún sentado, observó a Terri, que estaba organizando sus papeles.

–Me has sorprendido –le dijo cuando se quedaron a solas.

–Vaya, me alegra oír eso.

–¿Cómo se te ha ocurrido eso de las familias?

Terri se levantó y fue a sentarse a su lado.

–Pues, como te dije, he estado recorriendo el hotel, y hablando con los empleados –comenzó a explicarle. Cooper asintió–. Bueno, pues estaba en la piscina, hablando con Travis, el socorrista…

–Ya, con el socorrista.

–Sí, eso he dicho. El caso es que estaba diciéndome que la piscina casi siempre está vacía porque los huéspedes no quieren mojarse el pelo y cosas así.

–Vaya, parece que Travis tiene mucho que decir…

–Fui yo la que le pregunté –lo corrigió Terri–. En fin, también vienen algunos padres con sus hijos, pero la piscina no tiene una zona poco profunda…

–Tenemos una piscina para niños –replicó él.

–¡Por favor! –exclamó ella, sacudiendo la cabeza–. ¡Pero si es del tamaño de un jacuzzi! Los niños necesitan espacio para jugar, y toboganes y juguetes de agua y…

Cooper levantó una mano.

–Lo capto. ¿Y por eso decidiste que deberíamos hacer hoteles familiares?

Terri se encogió de hombros.

–Soy de Utah. La gente allí tiene un montón de críos, y se los llevan de vacaciones. Y a la gente con hijos también le gustan los buenos hoteles. Pero si los niños se aburren, para los padres las vacaciones acaban siendo un suplicio.

–No he dicho que fuera mala idea.

–Tampoco has dicho que fuera buena.

–¿Y acaso importa lo que yo piense?

–Pues sí –Terri se echó hacia atrás en su asiento–. Somos socios, ¿no?

Cooper la escrutó con esos increíbles ojos azules que no dejaban entrever nada. De lo único de lo que Terri estaba segura era de que había sobrevivido a la reunión, y de que la intensa mirada de Cooper estaba haciéndola sentirse acalorada. Y a ese respecto había algo que necesitaba saber…

–Vega parece agradable –comentó.

Cooper resopló.

–No. Celeste puede ser muchas cosas, pero yo no diría de ella que es agradable.

–Y es muy guapa.

–De eso no hay duda.

–¿Os conocéis bien? –inquirió Terri. No era asunto suyo, pero no había podido contenerse.

Cooper enarcó una ceja.

–¿Me estás preguntando si estamos juntos?

–Supongo que sí.

–Lo estábamos, pero ya no.

–Ah. Bueno es saberlo.

Era un alivio, porque habría sido imposible que ella, una chica de Utah, compitiera con una supermodelo. Y no era que el beso que se habían dado significara que hubiera algo entre ellos, aunque el hecho de que quisiera que volviera a besarla sí podría significar algo.

–¿Y entonces qué, mi idea te ha parecido buena o no? –le preguntó, volviendo al tema del que habían estado hablando.

–Me parece interesante –concedió él pensativo–. Nunca habíamos enfocado el negocio con las familias como posibles clientes.

–Lo sé. Me he mirado como cien carpetas –respondió ella–. Hayes París es precioso. De verdad. Pero si tuvierais allí también un Hayes 2 podríais enlazarlo con las visitas a Disneyland París. Y en Venecia podríais ofrecer paseos en góndola, y en Suiza lecciones de esquí, y... Detestas la idea –concluyó al verlo apretar los labios.

–No, no la detesto.

–Pues tampoco parece que te entusiasme.

–No sonrío muy a menudo, por si no te has dado cuenta.

–¿Por qué no? Deberías estar contento.

–¿Y eso por qué? –inquirió él ladeando la cabeza.

–Eres multimillonario, guapísimo, vives en un auténtico palacio y probablemente tienes todo un harén de mujeres a tu disposición. ¿Por qué no eres feliz?

Cooper frunció el ceño.

–No tengo un harén a mi disposición –masculló.

A Terri la alegró oírlo.

–De acuerdo, pero el resto es cierto.

–¿Te preocupa por algún motivo especial mi grado de felicidad?

–¿Porque soy altruista?

Los labios de Cooper se curvaron en una sonrisilla.

–Sí, eso debe ser –dijo levantándose para ir hasta una pequeña nevera que había en el otro extremo de la sala.

La conversación había pasado del plano de los negocios a lo personal, y aunque sabía que no debería, Terri quería más.

–¿Cuándo perdiste a tu padre? –inquirió.

Cooper, que estaba inclinado sobre la nevera abierta, giró la cabeza y parpadeó.

–Esa pregunta no me la esperaba.

–Perdona –se disculpó ella, apartándose el rostro del cabello–. No sé ni por qué te lo he preguntado. Es que últimamente he estado pensando mucho en mi padre adoptivo y en mi padre biológico, y no he podido evitar preguntarme por el tuyo.

Cooper sacó un par de botellines de agua y se incorporó. Luego volvió junto a ella y le tendió uno.

–Mi padre murió hace diez años –respondió desenroscando el tapón de su botellín.

Cuando se alejó hacia las fotografías enmarcadas que colgaban de la pared opuesta y se detuvo frente a ellas, Terri se levantó y fue a su lado.

–Compró este hotel hace cuarenta años –continuó Cooper, señalando una de las fotografías–. Seis plantas de habitaciones de un tamaño medio y un casino del tamaño del salón de mi suite –añadió sonriendo mientras miraba la foto en blanco y negro.

En ella se veía a un hombre de unos treinta y tantos, con las manos en los bolsillos, sonriendo para el fotógrafo. El hotel no se parecía en nada a como era en la actualidad. No había una fuente ornamental frente a él para deslumbrar a los turistas. La entrada no era grandiosa, ni se afanaban frente a ella los botones, atendiendo a los clientes que llegaban. Pero en el rostro del padre de Cooper se veía la ilusión que llevaría al hotel a lo que había llegado a ser.

–Un año después de comprarlo mi padre ya estaba enfrascado en las reformas que había empezado a acometer –le explicó Cooper–: modernizar el edificio, mejorar el casino… Pero necesitaba un inversor. Jacob tenía dinero y se ofreció a ayudarle, así que mi padre y él se hicieron socios. El resto es historia.

–El negocio ha llegado muy lejos –observó ella.

–Ya lo creo –asintió él–. Y ahora estamos en todo el mundo. Al menos mi padre vivió para verlo.

Terri giró la cabeza hacia Cooper, que seguía con la mirada fija en la fotografía de su padre.

–Lo echas de menos.

–Todos los días –respondió él, en un tono cargado de emoción.

Terri le apretó la mano.

–Sé cómo te sientes. Mi padre era inteligente y tremendamente divertido, y daría lo que fuera por volver a oír su voz, por que me conteste al teléfono con un «hola, princesa», por que vuelva a abrazarme, por volver a oír su risa.

Cooper le apretó la mano como ella había hecho con la suya.

–A mi padre le habrías caído bien –murmuró.

–¿Por qué lo dices?

–Porque no eres de las personas que se andan con

juegos, porque no tienes tonterías, y porque él también era así.

Terri sonrió.

–No paras de hacerme cumplidos.

–No sé yo si para otras mujeres eso sería un cumplido.

–Pues para mí sí.

–Ya lo veo –murmuró él–; aún estoy intentando entenderte.

Terri volvió a sonreír.

–¿Estás diciendo que no solo no soy como esperabas, sino que además soy un misterio?

Él esbozó una media sonrisa.

–Supongo que sí.

–Es lo más bonito que me han dicho –murmuró Terri, y una sensación cálida se le extendió por el pecho.

Estando tan cerca como estaban, podía oler la colonia de Cooper. No solo era guapísimo, sino que además olía de maravilla.

–Me haces pensar cosas que no debería pensar –le confesó Cooper en un tono quedo.

–¿Y por qué no deberías pensar esas cosas?

–Porque si hiciera esas cosas, todo se volvería aún más complicado de lo que ya es.

–Y no necesitamos más complicaciones –concluyó ella por él.

–Aunque quizá mereciera la pena –murmuró Cooper, volviéndose hacia ella.

–Deberíamos averiguarlo –contestó Terri levantando el rostro.

Cooper sonrió brevemente antes de tomar al asalto sus labios con un beso apasionado.

Terri le rodeó el cuello con los brazos cuando la lengua de él se entrelazó con la suya. Tenía mariposas en el estómago, y una ola de calor se le extendía por todo su ser. ¡Al diablo con las complicaciones!, se dijo, y dejó de pensar para concentrarse únicamente en lo que estaba sintiendo.

Las manos de Cooper subían y bajaban por su espalda, dejando una deliciosa sensación de calidez a su paso. Cooper le levantó la falda del vestido e introdujo una mano por debajo de la fina banda elástica de sus braguitas de encaje.

Cuando apretó la mano contra su pubis, Terri despegó sus labios de los de él y echó la cabeza hacia atrás. Luego empezó a acariciarle el clítoris con la yema del pulgar, y se estremeció, aferrándose a él mientras cabalgaba sobre las oleadas de placer que le sobrevenían, una tras otra. Cooper inclinó la cabeza para besarla en el cuello y deslizó la punta de la lengua por su piel.

–Cooper…

–Déjate llevar… –le susurró él, mientras la llevaba a cotas aún más altas de placer con sus caricias–. Déjate llevar…

Y eso hizo Terri. No habría podido resistirse aunque lo hubiera intentado. Se estremeció de arriba abajo, sacudiendo todavía las caderas contra la mano de Cooper, y le hincó las uñas en los hombros.

Aquel clímax parecía no tener fin, y Cooper lo prolongó con sus dedos, sin darle tiempo a respirar mientras una oleada tras otra la sacudía, hasta que finalmente se derrumbó contra él.

Cooper apartó la mano, le puso bien el vestido y la abrazó mientras la besaba de nuevo.

–Bueno –murmuró Terri sin aliento–, creo que eso ha valido la pena… a pesar de las complicaciones.

–Estoy de acuerdo –dijo él–, porque tengo unas cuantas cosas más en mente.

Pero en ese momento sonaron las dos en el reloj de pared de la sala y un gemido escapó de la garganta de Terri.

–Tengo que irme.

–Vaya –murmuró Cooper–, esa no es la respuesta que esperaba.

–Lo sé –dijo Terri riéndose. Se atusó el cabello, tratando de ignorar el cosquilleo de deseo que aún le recorría el cuerpo–. ¿Podrías pedirle a alguien que llevara esas carpetas de nuevo a mi despacho? –le preguntó, señalando el sitio donde había estado sentada. «Mi despacho…». Tenía gracia lo natural que había sonado. Tomó su botellín de agua y bebió un buen trago. Los orgasmos y los hombres irresistibles como Cooper la dejaban a una con la garganta seca–. Lo haría yo misma, pero no quiero llegar tarde.

–Claro. ¿Pero tarde adónde?

–Le dije a Debra que nos veríamos a las dos en recepción –respondió Terri, alejándose hacia la puerta–. Va a enseñarme cómo se hace el proceso de las reservas.

–¿Y para qué necesitas saber eso?

–Pues porque quiero aprender tanto como me sea

posible –respondió ella, echándole otro rápido vistazo a su reloj–. Bueno, de verdad que tengo que irme. ¡Hasta luego!

Cuando Cooper la llamó, se detuvo y se volvió.

–Esta noche cenamos abajo, en el restaurante Sky, y luego te llevaré al concierto de Darci Ryan en el anfiteatro Shooting Star –dijo refiriéndose a la estrella que iba a cantar en el hotel esa noche.

A Terri el corazón le dio un brinco.

–Eso suena de lo más parecido a una cita –dijo–. ¿Qué hay de las complicaciones?

–Creo que acabamos de comprobar que estamos listos para correr esa clase de riesgos.

Un cosquilleo de emoción la recorrió.

–Bueno, estamos en Las Vegas –dijo–. ¿Qué mejor lugar para apostar y arriesgarse?

Cooper le dedicó otra de esas increíbles sonrisas suyas.

–Te recogeré a las siete.

Terri asintió antes de salir y cerrar tras de sí, y se quedó unos segundos con la espalda apoyada contra la puerta para recobrar el aliento. Aún le temblaban las piernas, el corazón le latía como un loco y tenía la respiración agitada. Ella no había apostado jamás, pero tal vez con Cooper tendría la suerte del principiante.

Capítulo Siete

En todos esos años, de todas las veces que se había registrado al llegar a un hotel, a Terri nunca le había parecido que aquel proceso entrañase mayor dificultad. Ahora lo veía de un modo muy distinto.

Debra Vitale, una mujer de mediana edad, era la subgerente del StarFire, donde llevaba trabajando veinte años. Sabía todo lo que había que saber sobre el hotel, y estaba siendo increíblemente paciente con ella, explicándoselo todo.

Un poco más allá de donde Terri y Debra estaban, tras el mostrador de recepción, Brent, el empleado que la había atendido a su llegada, estaba hablando con una pareja joven.

–Lo siento muchísimo –estaba diciéndoles–. Su reserva no aparece registrada en el sistema.

Terri miró a la pareja. La mujer estaba conteniendo a duras penas las lágrimas, mientras que el hombre parecía frustrado y al borde de la desesperación.

Curiosa, Terri se acercó, y Debra fue con ella.

–¿Hay algún problema? –inquirió.

–Señorita Ferguson… –murmuró Brent, sorprendido–. Parece que se trata de algún error.

–Hola, soy Terri Ferguson, copropietaria del StarFire. ¿En qué puedo ayudarles?

–Tenemos una reserva para una suite junior por dos noches –dijo el hombre, tendiéndole la hoja de confirmación que había impreso en casa. Mientras Terri la leía, continuó explicándole–: Estamos en nuestro viaje de luna de miel. Vamos a alojarnos dos noches aquí antes de volar a Hawái. No sé por qué no les aparece la reserva.

Terri los miró a su esposa y a él. Dos enamorados en su viaje de novios… Sintió lástima por ellos y le preguntó a Brent:

–¿Seguro que lo has mirado bien?

–Sí, señorita, no aparece –respondió el empleado–. Y además –dijo bajando la voz–, no nos queda libre ninguna suite junior.

Había tanto jaleo en el vestíbulo como siempre, pero Terri no podía oír otra cosa más que los callados sollozos de la novia, que se había alejado un par de pasos con su marido, y luchaba por contener lágrimas de decepción. Consciente de que Brent y Debra estaban observándola, para ver cómo manejaría aquel problema, se lanzó y le preguntó a Brent:

–¿Tenemos libre alguna suite en las plantas VIP?

Brent la miró con unos ojos como platos, y al comprender lo que pretendía hacer, una amplia sonrisa se dibujó lentamente en su rostro.

–Sí, señorita Ferguson.

Terri miró a Debra y esta asintió, como aprobando su decisión, lo cual la llenó de alivio y se convenció de que estaba haciendo lo correcto. ¿De qué servía tener dos mil hoteles si no podías regalar un par de noches en una suite de lujo de vez en cuando?

Brent se puso a teclear en el ordenador y un momento después le confirmaba:

–Tenemos una suite preparada en la planta veintidós y está libre toda esta semana.

–Perfecto –dijo Terri–. Imprímeme un par de llaves, ¿quieres? Ah, y devuélveles el depósito de la reserva. Y no les cobraremos nada.

Brent enarcó las cejas.

–¿Quiere que toda la estancia sea gratis?

Terri sonrió.

–Exacto. Creo que, cuando un viaje de luna de miel empieza tan mal, hace falta un poco de magia para arreglar las cosas.

Brent se rio suavemente, sacudió la cabeza e imprimió las llaves, como le había pedido. Luego las metió en la carpetilla de bienvenida y se la tendió.

–Y ya que estamos –le dijo Terri–, haz que les suban una docena de rosas y una botella de champán. Ah, y entradas para el concierto de Darci de esta noche.

–Yo me ocuparé de eso –dijo Debra, y murmuró–: Bien hecho, jefa.

–Sí, es usted una gran jefa –añadió Brent.

–Gracias –les respondió ella con una sonrisa–. Bueno, vamos a instalar a los recién casados –anunció. Indicó a estos que la siguieran hasta el final del mostrador. Entonces llamó a un botones y le dijo–: Por favor, lleva al señor y a la señora Hunter a la suite 2205 de la planta veintidós.

–Sí, señora.

Volviéndose hacia los Hunter, Terri le tendió la carpetilla de bienvenida al marido.

–Se alojarán en una suite en una de nuestras plantas VIP –les dijo.

–Pero no podemos permitirnos eso –se apresuró a decir la esposa.

–Su estancia corre a cuenta de la casa.

–¿Cómo? –balbució el marido, mirando la carpetilla y luego a Terri–. No comprendo…

–Es muy sencillo –les explicó Terri con una sonrisa. Sabía exactamente cómo se sentían–. Queremos compensarles por las molestias por el problema de la reserva.

El joven se quedó mirándola, visiblemente anonadado.

–No sé qué decir.

–Madre mía… –murmuró la novia.

–No tienen que decir nada. Nos alegramos de haber podido solucionarlo –les aseguró Terri. Confiaba en que Cooper estuviera de acuerdo con lo que había hecho. Y si no lo estaba… bueno, ella como socia tenía derecho a tomar decisiones, ¿no?–. Les deseamos que tengan un matrimonio largo y feliz y una luna de miel maravillosa.

–Gracias –dijo el hombre, tendiéndole la mano–. No sé cómo decirle lo mucho que significa esto para nosotros.

–No hay de qué. Disfruten de su estancia y no se preocupen de nada –les dijo Terri con una sonrisa.

–De verdad que no sabemos cómo darle las gracias –murmuró la novia–. Ha salvado nuestra luna de miel.

Terri no podía dejar de sonreír.

–Estamos encantados de poder ayudarles. No dejen de visitar nuestros restaurantes. Son fabulosos. O, si prefieren tener un poco más de intimidad, llamen al servicio de habitaciones. Y ahora, acompañen al botones; él los llevará a su suite.

La novia se rio con deleite y abrazó a Terri.

–Esto es increíble. Es usted increíble. Cuando volvamos a casa les diremos a todos nuestros amigos que vengan al StarFire. ¡Muchísimas gracias!

Terri la abrazó también.

–No hay de qué. Disfruten de su estancia.

–Lo haremos –le aseguró el novio.

Cuando se hubieron marchado, Terri volvió tras el mostrador. Aún tenía mucho que aprender, pero aquel había sido un buen comienzo.

Celeste había presenciado toda la escena: los jóvenes enamorados, tristes y decepcionados, y Terri, la heroína, acudiendo a su rescate. Detestaba admitir para sus adentros que la admiraba por lo que había hecho.

Había una cosa que había observado a lo largo de los años: que la mayoría de las personas ricas o importantes acababan volviéndose insensibles a los problemas de aquellos que les rodeaban. Terri, en cambio, había visto el problema y lo había solucionado de una manera preciosa. Los recién casados iban haciéndose arrumacos y riéndose, felices, mientras seguían al botones, y era gracias a Terri. Quizá Celeste no fuera una simplona, como había pensado. O quizá, una vez se hubiera acostumbrado a aquella vida, también acabaría volviéndose insensible a los problemas de la gente como la joven pareja a la que acababa de ayudar.

La verdad era que esperaba que no cambiase y, mirando a aquellos dos tortolitos, sintió una punzada de envidia. Años atrás ella también había querido algo así: un amor cargado de ilusión; un amor que, con suerte, el tiempo convertiría en un fuerte cariño cuando la pasión se disipara.

Sin embargo, en su mundo no existía el amor. En vez de amor solo había relaciones pasajeras en las que la pasión se apagaba con rapidez. Había tenido muchas de ese tipo, y tuvo que admitir, para sus adentros, que lo más parecido a un amor de verdad era la relación que había tenido con Cooper. Y quizá hubiera podido convertirse en algo más, si no hubiese cortado con él para irse con un hombre mayor con un título y unos cuantos ceros más en su cuenta bancaria. ¡Para lo que le había servido!

El conde había muerto hacía dos meses, antes de que se casaran, y sus hijos no habían esperado ni a que acabara el funeral para enseñarle la puerta. Y como el conde no había llegado a cambiar su testamento, no había recibido ni un centavo.

Solo podría trabajar unos años más como modelo y, o bien ahorraba como una hormiguita, o se buscaba a otro hombre que la mantuviera y le diera todo lo que quería y más. ¿Podría ser Cooper ese hombre? El problema era que, hasta que no se deshiciera de Terri, no lo sabría.

Terri era más joven, y era doloroso para Celeste admitir que ella no solo era mayor, sino que también lo parecía. Desde que empezó su carrera como modelo a los diecisiete –y de eso ya hacía quince años–, se había convertido en una estrella. Su nombre y su rostro eran conocidos en todo el mundo, y detestaba sentir que su fama estaba apagándose poco a poco. Hasta entonces los hombres se habían postrado a sus pies, y los había utilizado para llegar a donde quería llegar, como quien salta de una piedra a otra para vadear un río.

Y esa era una de las razones por las que había vuelto a Las Vegas. Pronto terminaría su carrera como modelo –o la relegarían a encargos de segunda, y por ahí no pensaba pasar–, así que había vuelto a Las Vegas para recuperar a Cooper. Había pensado ir allí dentro de un mes o así, pero cuando Dave la había llamado para contarle lo de esa mujer en la que Cooper parecía interesado, había adelantado su regreso.

Y ya iba siendo hora de que hiciera ver a Cooper que Terri jamás encajaría en su mundo. Plantó una sonrisa forzada en su cara y cruzó el vestíbulo, dirigiéndose hacia la recepción. Se detuvo a unos pasos y llamó a Terri con un gesto para que saliera de detrás del mostrador para reunirse con ella.

–Celeste… Hola. ¿Qué haces aquí? –la saludó Terri, sorprendida.

Cuando las personas que estaban a su alrededor la reconocieron y empezaron a cuchichear, Celeste adoptó automáticamente su pose de diva, irguiéndose y echándose el pelo hacia atrás.

–He venido para llevarte de compras –le dijo.

–Pero es que ahora no puedo irme; estoy muy ocupada y...

–Terri... –la interrumpió Celeste con un suspiro impaciente. ¿Tan honrada era?–. Eres la propietaria del hotel. Puedes hacer lo que quieras. Y como propietaria, necesitas ir de compras. Tienes la responsabilidad de hacer honor a tu papel vistiéndote adecuadamente.

Terri bajó la vista al sencillo vestido amarillo que llevaba, y luego miró de reojo la estilosa ropa de Celeste.

–Bueno, supongo que me vendría bien algo de ropa nueva –murmuró–. Voy a cenar con Cooper esta noche.

Celeste hizo acopio de su legendario autocontrol para disimular su irritación. Cooper iba a llevarla a cenar... Y sin duda luego habría sexo.

Tanto mejor, se dijo. Ese era el plan: ella en la cama era imaginativa y tenía mucha experiencia, y cuando Cooper se acostara con Terri, que seguramente era una mojigata, se daría cuenta de que comparándola con ella no había color.

–Estupendo. Pues vamos –dijo echando a andar, segura de que Terri la seguiría. Y de inmediato, como esperaba, oyó sus pasos detrás de ella–. He pensado que podríamos empezar por las boutiques del hotel The Venetian.

–Aquí en el StarFire también tenemos boutiques –apuntó Terri.

–Sí, pero así tendremos una excusa para ir en limusina y beber champán en el trayecto.

Terri se rio y replicó:

–Pero es que tengo que ir a por mi bolso; sin mis tarjetas de crédito…

–Tienes que empezar a pensar como la propietaria del StarFire –la aconsejó Celeste, entrelazando su brazo con el de ella mientras seguía caminando con ella hacia la salida–. Lo cargarás todo al hotel y harás que lo envíen a tu suite.

Dos horas más tarde Celeste tuvo que admitir para sus adentros que se había divertido más de lo que había esperado. Normalmente la gente con la que trataba siempre buscaba algo de ella, pero Terri no. Era… agradable, y hasta dulce. Y eso la tenía un tanto descolocada.

–¿Siempre es así? –le preguntó Terri.

–¿A qué te refieres?

Habían abandonado el Grand Canal Shoppes, un impresionante centro comercial dentro del hotel The Venetian con «calles» empedradas y tiendas con maceteros de coloridas flores en sus escaparates, y estaban cruzando uno de los puentes de piedra que imitaban un canal de Venecia, con góndolas incluidas. El sol calentaba, pero no demasiado, y corría una suave brisa.

–La gente ha estado haciéndote fotos con sus móviles desde que llegamos –dijo Terri.

–Ah, eso –murmuró Celeste.

Curioso; ella no se había dado ni cuenta. ¿Tan acostumbrada estaba a que la gente la mirara y le hiciera fotos? ¿O es que se había estado divirtiendo tanto que se había abstraído por completo de la gente que las rodeaba?

–Sí, bueno, es una de las desventajas de ser famosa –contestó–. No puedes ni salir de casa sin maquillaje o apareces en primera plana de las revistas del corazón con cara de muerta.

–Debe ser raro tener que vivir así, ¿no? –comentó Terri–. Es como si no tuvieras intimidad.

–Te acostumbras.

–Yo no creo que pudiera.

–Hace tiempo yo tampoco creía que pudiera acostumbrarme –admitió Celeste. Cuando era más joven la había indignado cada pequeña intromisión en su intimidad–. Y ahora ya ni me acuerdo de lo que era ser una persona anónima –le confesó. Al ver a Terri cambiarse las bolsas de una mano a otra, le dijo–: Podías haber hecho que te mandaran eso al hotel, con el resto.

Sonriendo, Terri le contestó:

–Lo sé, pero es que quería llevarme conmigo el vestido y los zapatos rojos. Nunca había tenido un vestido tan bonito y, ¿sabes?, si no hubiera sido por ti, jamás me lo habría comprado. Es increíble lo caro que es, teniendo en cuenta la poca tela con la que está hecho.

Celeste se rio.

–Es que te quedaba muy bien cuando te lo probaste.

Demasiado bien, de hecho, pero si quería que Cooper volviera con ella, necesitaba que se acostara con Terri para que se cansara de ella cuanto antes.

–¿Y te gusta lo de que te miren? –le preguntó Terri al cabo de un rato.

Celeste la miró y vio interés sincero en sus ojos. No recordaba cuándo había sido la última vez que había tenido una conversación de verdad con una de sus «amigas», con las que normalmente hablaba de algún hombre, de una fiesta…

En cambio, en las dos horas que llevaba de compras con Terri, esta había estado haciéndole todo tipo de preguntas y escuchando con interés sus respuestas. Y la verdad era que no sabía qué pensar de aquello. En realidad no eran amigas, y ella hacía tiempo que no tenía amigas de verdad.

–Si no me gustara que me mirasen –respondió finalmente–, diría que he escogido la profesión equivocada.

–Ya, es verdad –murmuró Terri–. En fin, gracias por traerme de compras.

–Ha sido divertido –dijo Celeste, sorprendiéndose de nuevo con aquella confesión.

De hecho, no recordaba cuándo había sido la última vez que se había divertido tanto. Sí, aquello era de lo más inquietante.

Quince minutos después la limusina las dejaba frente al hotel. Antes de entrar, Terri le dio un abrazo y le dijo:

–Gracias otra vez. Me ha sentado bien salir un rato. ¿Nos veremos otro día?

–Pues claro.

Celeste la siguió con la mirada mientras entraba en el edificio, y le sorprendió la punzada de tristeza que sintió al verla marchar.

***

Dave caminaba arriba y abajo por el despacho de Cooper, furioso y lleno de frustración.

–Miles… –dijo deteniéndose ante su escritorio y plantando encima un montón de facturas–. Se ha gastado miles de dólares en las boutiques del Grand Canal Shoppes y lo ha cargado todo a la cuenta del hotel.

Cooper tomó las facturas y las hojeó con calma.

–Me imagino que Celeste está detrás de los artículos más caros que compró –murmuró.

–¿Y eso qué más da? –exclamó Dave, levantando las manos al aire.

El departamento de contabilidad le había pasado esas facturas, y no se lo podía creer. Sí, Celeste le había contado su plan, pero no le había dicho que iba a hacer que Terri se gastase casi treinta mil dólares.

Era evidente que su plan no estaba funcionando. Se suponía que Terri debía sentirse fuera de lugar, y en vez de eso lo que parecía era que se estaba acomodando, disfrutando sin reservas de su nueva condición de millonaria.

–Parece que tu nueva socia no tiene el menor pudor en pegarse la gran vida a costa de la compañía. No se ha ganado ese dinero, pero se lo gasta alegremente como si tuviera todo el derecho a hacerlo –se quejó.

Miró a Cooper, esperando verlo estallar, pero este se limitó a encogerse de hombros y echar las facturas sobre la mesa.

–Tampoco es que se haya comprado un jet, Dave –le dijo–; es solo ropa.

–¿En serio? –exclamó él, poniendo los brazos en jarras–. ¿De verdad te da igual? ¿Qué ha sido de aquello que decías de que ibas a comprar su parte del negocio y hacer que se largara de aquí?

Cooper lo miró impertérrito, pero Dave sabía que no era más que una fachada y, advirtiendo la ira en sus ojos, decidió recular un poco. Si lo presionaba demasiado antes de tiempo podría echar a perder todo su plan. Tenía que manejar aquel asunto con cuidado, recordarle a Cooper que estaba de su parte.

–No tengo por qué justificarme ante ti, Dave –le dijo en un tono quedo.

–Lo sé –respondió él, levantando las manos para aplacarlo. Rebajó su tono y su lenguaje corporal–. Solo pienso en el futuro. Es tu compañía y ella se está entrometiendo.

–Nos guste o no, ahora la mitad de la compañía es suya.

–Está tratando de cambiar cosas, cuando no lleva aquí ni dos días –replicó Dave, sintiendo que estaba perdiendo aquella batalla–. Venga, hombre, creía que estábamos en el mismo bando.

–Y lo estamos.

–Y entonces, ¿cómo puede ser que te parezca bien lo de hacer hoteles familiares y que se gaste miles de dólares en boutiques?

–Le estoy dando tiempo para que se dé cuenta de que este no es su mundo –contestó Cooper levantándose–. Que se vaya de compras no me molesta, y puede que sea buena idea lo de hacer hoteles enfocados en las familias. Pero que haya tenido una buena idea no significa que pueda gestionar una empresa. Y cuando se dé cuenta estoy seguro de que resultará más fácil que acepte mi oferta de comprar su mitad de la compañía.

–Pues a mí me parece que se lo está pasando demasiado bien como para renunciar a todo esto.

–Que se haya gastado unos cuantos de miles de dólares no supondrá una gran diferencia para nuestras cuentas, Dave. Y al final se irá. Lleva esas facturas de vuelta a contabilidad –le dijo dándole la espalda para alejarse hacia el ventanal–. Y diles que aprueben cualquier gasto que haga Terri.

–Genial –mascullό Dave, recogiendo los papeles de la mesa.

Ya salía por la puerta cuando Cooper lo llamó. Se detuvo y se volvió.

–¿Sí?

La mirada de Cooper se había tornado fría en inflexible.

–Quiero que me dejes a Terri a mí, Dave. ¿Está claro?

–Cristalino –respondió él, y salió, cerrando tras de sí.

Sus planes se estaban viniendo abajo, pensó rabioso mientras se alejaba. Se estaban desmoronando porque Cooper se había encaprichado de aquella mujer que estaba poniéndolo todo patas arriba.

Capítulo Ocho

Unas horas después Cooper seguía sin encontrar motivos para enfadarse por los miles de dólares que Terri se había gastado en las boutiques del Grand Canal Shoppes. ¿Cómo podría con aquel vestido rojo que llevaba? Era el vestido más sexy que había visto en su vida. No tenía ni mangas ni tirantes, y dejaba al descubierto la parte superior de sus pechos. Se ajustaba a su figura como los brazos de un amante, y era tan corto que los vestidos así deberían estar prohibidos. Sus largas y bronceadas piernas parecían suaves como la seda, y los zapatos rojos de tacón que llevaba parecían ideados para hacer que un hombre no pudiera apartar los ojos de esas piernas.

Habían cenado en el mejor restaurante del hotel, el Sky, habían asistido al concierto de Darci Ryan, y ahora estaban tomándose una copa en el club nocturno más exclusivo del StarFire. Todo muy civilizado… solo que él se sentía como si estuviera al borde de un precipicio. Si sedujera a Terri, ¿echaría a perder sus planes? ¿Acaso importaba?, se respondió.

Tomó un sorbo de whisky y le dijo:

–He oído que le regalaste a una pareja una estancia de dos noches en una suite VIP.

Terri se quedó muy quieta y lo miró preocupada.

–¿Supone eso un problema?

Cooper se quedó mirándola mientras Terri tomaba un sorbo de su copa.

–¿Que si supone un problema? No lo sé; ¿eres consciente de que esas suites cuestan cinco mil dólares la noche?

A Terri se le atragantó el vino y tuvo que darse un par de golpes en el pecho.

–¿Cinco mil dólares? ¿En serio? ¿Cómo justificamos cobrar tanto dinero por un sitio en el que básicamente lo que se hace es dormir?

Cooper enarcó una ceja.

–Es algo más que un camastro con una manta de lana.

–Ya lo sé, pero… ¿en serio?, ¿cinco mil dólares?

–Unas vistas impresionantes, las medidas de seguridad más modernas, servicio de habitaciones las veinticuatro horas, sala multimedia, entradas VIP para los conciertos, masajes incluidos en el precio…

Terri tomó otro sorbo de vino y a Cooper se le antojó muy sexy el modo en que se pasó después la lengua por los labios. Estaba descubriendo que todo en ella le parecía sexy, y estar tan cerca de ella era un auténtico tormento.

–Lo sé, lo sé. Pero de todos modos esa suite iba a estar vacía toda la semana –murmuró. Al ver que él no decía nada, suspiró y añadió–: Está bien, lo siento. Pero es que estaban de luna de miel y su reserva no aparecía en el registro. La novia estaba a punto de llorar, y ninguna mujer debería llorar en su luna de miel. Además…

–Fue un bonito gesto por tu parte –la interrumpió él.

Probablemente él habría hecho lo mismo hace diez años. Ahora, sin embargo, estaba demasiado ocupado como para atender esos asuntos.

–¿Lo dices en serio? –inquirió Terri, con una sonrisa radiante.

–Y será buena publicidad, porque le hablarán a todo el mundo de cómo la propietaria del StarFire salvó su luna de miel.

Terri se echó hacia atrás la rubia melena, y los ojos de Cooper se vieron atraídos por su escote como un halcón que hubiera avistado una presa.

–Me gusta ese vestido.

–¿Qué? ¡Ah! –exclamó ella, riéndose vergonzosa–. Gracias. ¿Verdad que es espectacular? Celeste me convenció para que lo comprara.

–Me lo imagino –murmuró él. Celeste tenía buen ojo para las cosas más caras y de mejor calidad. Sobre todo cuando el que pagaba era otro–. ¿Te ha gustado el concierto?

Los ojos de Terri se iluminaron al recordarlo.

–Muchísimo. Y poder ir a conocer a Darci a su camerino ha sido increíble. Es tan agradable... No esperaba que lo fuera, aunque tal vez no debería haberla prejuzgado. El que alguien sea famoso no implica que no pueda ser amable –dijo encogiéndose de hombros–. Celeste, por ejemplo, se ha portado tan bien conmigo a pesar de que tú y ella...

Al darse cuenta de lo que estaba diciendo se calló, pero Cooper terminó la frase por ella.

–¿A pesar de que estuvimos saliendo?

Terri se mordió el labio y le preguntó:

–¿Cuánto hace de eso?

–Cortó conmigo hace casi dos años. ¿Por qué?

–¿Cortó contigo?

–Sí. ¿Pero por qué me preguntas por eso?

–Es que… –Terri hizo una pausa e inspiró–. Supongo que quería saber si lo vuestro había terminado antes de…

–¿De que te lleve a la cama?

–De que nos vayamos a la cama –lo corrigió ella mirándolo a los ojos.

Cooper tenía que admitir que le gustaba ese estilo suyo tan directo.

–Pues si eso es lo que querías saber, no, ya no hay nada entre nosotros –respondió–, y ahora mismo no estoy pensando en ella.

–¿Y en qué piensas? –inquirió Terri.

–En un montón de cosas interesantes –murmuró él.

Terri apuró su copa de vino blanco, se relamió los labios de un modo muy sensual y le dijo:

–Cuéntame.

Cooper se puso de pie.

–Haré algo mejor –dijo tendiéndole la mano–: te lo enseñaré.

Terri dejó que la ayudara a levantarse, y lo siguió fuera del club. Ya estaban llegando al ascensor privado cuando alguien llamó a Cooper.

–¡Señor Hayes!

Cooper maldijo entre dientes y se detuvo, antes de

girarse hacia un guarda de seguridad que se dirigía hacia ellos.

–¿Qué ocurre, Guthrie?

–Perdone que lo interrumpa, señor. Hemos pillado a un par de tramposos en el casino.

–¿Hay gente que hace trampas? –inquirió Terri.

Cooper casi se rio por lo sorprendida que parecía.

–Algunos, sí –le explicó–. No es fácil hacer trampas con nuestras medidas de seguridad, pero siempre hay algún listo que cree que puede engañarnos.

–El crupier de la mesa veintiuno alertó al supervisor de que había un contador de cartas –dijo Guthrie.

–¿Qué es un contador de cartas? –inquirió Terri, curiosa.

–Es un jugador que lleva mentalmente la cuenta de las cartas que se van repartiendo en la partida –le explicó Cooper–. Así saben qué cartas quedan por repartir y pueden calcular sus posibilidades de ganar.

Guthrie asintió.

–El tipo ni siquiera estaba intentando disimularlo. No sé si tiene muchas agallas o es que es un estúpido. El caso es que lo hemos pillado a tiempo. Su cómplice salió corriendo, pero mis hombres lo atraparán antes de que abandone el edificio.

Tremendamente irritado por aquella inoportuna interrupción, Cooper se volvió hacia Terri.

–Perdona, tengo que hacerme cargo de este asunto.

–¿Debería ir yo también? –inquirió ella.

–No hace falta. Ve a tu suite; yo subiré en cuanto pueda.

***

Una hora después el asunto de los tramposos estaba resuelto y Cooper subía en el ascensor. Estaba harto de la gente y de sus obligaciones. Ahora lo único que quería era volver con Terri y terminar lo que llevaban prometiéndose durante días.

Llevaba con él un buen puñado de preservativos, pero Terri no contestó cuando llamó a la puerta. Se preguntó si se habría ido a la cama y estaría dormida, pero luego recordó el deseo en sus ojos y se dijo que era imposible que no lo hubiera esperado.

Abrió con su llave y al cruzar el salón de la suite oyó ruido de agua. Parecía que estaba dándose un baño. Se quitó la chaqueta y la corbata y las arrojó sobre la silla más próxima antes de desabrocharse el cuello de la camisa.

Al entrar en el cuarto de baño vio que Terri estaba en el jacuzzi. Se había recogido el pelo en un moño y estaba cómodamente tumbada, cubierta por una espesa capa de espuma. Tenía los ojos cerrados, pero cuando dijo su nombre no se sobresaltó, sino que abrió los ojos y giró lentamente la cabeza hacia él.

–Ya me estaba preguntando cuándo vendrías.

–Siento llegar tarde –se disculpó él con una sonrisa.

Terri se incorporó un poco, dejando al descubierto sus hermosos senos.

–¿Cómo es que aún estás vestido?

–Buena pregunta –murmuró él. Y mientras Terri lo

miraba se desvistió sin perder tiempo. Cuando fue a meterse en la bañera, maldijo entre dientes–. ¿Es que quieres cocerte?

Terri sonrió con picardía.

–Es que me gusta el sexo ardiente.

–Me tomaré eso como un desafío –dijo él.

Al agacharse sobre ella sintió los chorros del jacuzzi en la espalda, y tomó los labios de Terri con un ansia que lo sorprendió incluso a él. Terri le echó los brazos al cuello para atraerlo hacia sí, y luego abrió las piernas y le rodeó las caderas con ellas.

La fricción de la piel mojada de ambos lo estaba volviendo loco. Agarró sus pechos con ambas manos y le acarició los pezones endurecidos con los pulgares. Terri se revolvía excitada debajo de él, haciendo que el agua se desbordara por ambos lados del jacuzzi, y subía y bajaba las manos por su espalda, arañándola y gimiendo su nombre. Cooper tomó en su boca uno de esos perfectos pezones sonrosados y dibujó círculos en torno a él con la lengua, haciendo que Terri jadeara y se arqueara, extasiada.

Reprimió el impulso de hacerla suya en ese mismo momento. No quería complicar más las cosas con un embarazo no deseado. Tendrían que esperar a llegar a la cama para culminar aquello, pero no veía motivo alguno para no atormentarlos a los dos un poco más.

Levantó la cabeza y maniobró para colocarse detrás de Terri. Su trasero era una tentación difícil de ignorar, pero tenía que resistir. La besó en el cuello, deslizó las manos por sus pechos, sus costados, su abdomen, esas hermosas y largas piernas...

–Cooper… –protestó ella, echando la cabeza hacia atrás para mirarlo. Tenía los ojos nublados por el deseo y lo labios entreabiertos–. Cooper, ¿qué estás…?

–Ahora lo verás…

Le separó los muslos, la acercó a uno de los chorros del jacuzzi, y cuando lo notó contra su sexo, Terri dio un respingo y comenzó a mover las caderas mientras jadeaba. Cooper la observó excitado, y Terri levantó los brazos, lo agarró por la cabeza para atraer sus labios hacia sí y lo besó mientras el chorro de agua caliente la llevaba al orgasmo.

Cuando dejó de estremecerse, Cooper la giró en sus brazos hacia él.

–Si nos quedamos un segundo más, voy a hacértelo aquí mismo.

–¿Y qué habría de malo en eso? –inquirió ella, en un tono soñador.

–Hacerlo sin preservativo no es buena idea –respondió él, que estaba al borde de mandarlo todo al cuerno y hacerla suya.

–Ya. ¿Y tienes uno? ¿O dos?

–Sí que tengo.

Cooper salió del jacuzzi y la ayudó a salir a ella también. Luego recogió su pantalón del suelo y llevó a Terri en volandas al dormitorio, donde la arrojó sobre la cama. Ella se rio al rebotar suavemente sobre el colchón, y Cooper no pudo reprimir una sonrisa. Sacó un preservativo del bolsillo del pantalón y se lo puso en un tiempo récord.

Se colocó sobre ella, y cuando Terri levantó las piernas y le rodeó las caderas con ella, no se lo pensó dos veces y la penetró hasta el fondo. Terri gimió y él suspiró de placer por la sensación de plenitud que lo invadió. Se quedó quieto un instante, saboreando el momento, antes de dejar que su cuerpo tomara las riendas. Movió las caderas, estableciendo un ritmo al que ella se adaptó afanosa, y pronto los dos se movían en perfecta armonía, jadeando y frotándose el uno contra el otro. La impaciencia de ambos alimentaba el deseo que los consumía, y el deseo se convirtió en un calor casi insoportable.

Sabía que aquello iba demasiado rápido, y habría querido que durase más, prolongar indefinidamente el placer, pero no podía esperar más, y los gemidos de Terri le decían que ella tampoco. Ya habría tiempo para hacerlo con más calma; esa noche los dos necesitaban satisfacer su ansia del otro. Por eso se movieron más deprisa, y el placer de ambos fue en aumento hasta que alcanzaron la cima y rodaron cuesta abajo abrazados el uno al otro.

Cooper se sentía aturdido, descolocado. Nunca habría esperado que hacerlo con Terri fuera a ser una experiencia tan intensa. Sin embargo, se dijo que probablemente era solo cosa de la novedad. En cuanto lo hiciesen unas cuantas veces más esos… sentimientos… se desvanecerían, y podría mandarla de vuelta a Utah con una sonrisa en los labios. Felicitándose en silencio por haber recobrado el control sobre la situación, rodó sobre el costado y se puso una mano en el estómago.

Terri se incorporó, apoyándose en el codo para mirarlo.

–Ha sido increíble.

–Te encanta esa palabra, ¿eh? –la picó él con una sonrisa.

Tenía el cabello revuelto y los labios hinchados por los besos apasionados que habían compartido.

–A veces es la única que se ajusta a lo que quiero decir.

Terri se pasó la lengua por los labios, y por la ola de calor que afloró en su vientre, Cooper supo que aún se encontraba en un terreno peligroso.

–Por esta vez estoy de acuerdo contigo –contestó.

Pero no podía quedarse allí tendido junto a ella. Si lo hiciera, volvería a hacerle el amor, y eso no lo ayudaría precisamente a mantener la cabeza fría. Se bajó de la cama, alcanzó sus pantalones y se los puso.

Terri se incorporó del todo, quedándose sentada en la cama. El cabello rubio se desparramaba en cascada sobre sus hombros y sus senos. Se moría por volver a tocarlos... «¡Peligro!», gritó su mente. «¡Sal de aquí mientras puedas!».

–¿Ya te vas?

–Sí. Mira, Terri, no quiero que...

Ella levantó una mano para interrumpirlo.

–¿Que me haga ilusiones? ¿Que contrate a una empresa para que organice la boda?

–Yo no he dicho eso.

–Ni falta que hace –le espetó ella. Se bajó de la cama y, desnuda como estaba, fue hasta él. A Cooper se le hacía la boca agua. Se moría por hacerla suya de nuevo. Ya–. Vamos, Cooper, ¿crees que no sé lo que estás pensando? Se lee el pánico en tus ojos.

Nunca había sido tan transparente para nadie.

–Yo no siento pánico por nada –replicó.

–Seguro que normalmente no, pero es evidente que esto te aterra.

Subió las manos por su pecho, recorriendo con los dedos el trazado de cada músculo y dejando un rastro de calor a su paso. Cuando Terri le acarició los pezones con los pulgares, aspiró bruscamente por la boca y tuvo que hacer un esfuerzo para no perder el control.

–Pero no tienes por qué preocuparte –continuó Terri–. No te pienses que me he enamorado perdidamente de ti.

–Yo no he dicho eso.

–¿Y si te prometo que no voy a pedirte que te cases conmigo, te quedarás? –le preguntó Terri.

Cooper estaba acostumbrado a ser él quien, después del sexo, advertía a la otra parte de que no iba a haber un final de cuento de hadas. Se le hacía raro que los papeles se hubiesen invertido.

–Directa como siempre. Sigue gustándome eso de ti.

–Pues seré aún más directa –le dijo Terri, poniéndose de puntillas para besarlo–. ¿Cuántos preservativos has traído?

Capítulo Nueve

Una sonrisa le curvó los labios a Cooper mientras se metía la mano en el bolsillo para sacar un puñado de preservativos.

–Me encantan los hombres precavidos –murmuró Terri.

Tomó uno de los preservativos y lo abrió. Luego le bajó la cremallera de los pantalones y deslizó lentamente el fino preservativo de látex por su miembro endurecido.

Observó a Cooper esforzándose por no perder el control. Le encantaba saber que era capaz de hacer sentir tan vulnerable a un hombre de su fortaleza mental. Mientras cerraba los dedos en torno a su miembro, Cooper se bajó los pantalones y los arrojó a un lado con el pie.

Luego la alzó en volandas y cruzó con ella el dormitorio. Se sentó en la cama, colocándola en su regazo, y Terri suspiró al sentir el roce de su miembro contra la parte más íntima de su cuerpo, que aún estaba temblorosa por el último orgasmo.

Moviéndose sobre él, comenzó a hacer giros con las caderas, atormentándolo y casi insertándolo por completo dentro de sí antes de echarse hacia atrás. Los ojos azules de Cooper se habían oscurecido de deseo.

La asió por las caderas con ambas manos para que no pudiera moverse.

–No más juegos, Terri.

La empujó, haciendo que quedara tumbada boca arriba, y se colocó a horcajadas sobre ella, pero de pronto Terri se dio la vuelta, poniéndose de espaldas a él, apoyada en los brazos y las rodillas. Giró la cabeza para mirarlo por encima del hombro y le susurró:

–Te quiero dentro de mí.

–¿Es que quieres matarme de un ataque al corazón?

Terri sonrió con picardía y meneó las caderas de un modo provocativo.

Cooper se arrodilló detrás de ella y le agarró el trasero con ambas manos. Terri gimió cuando sus fuertes dedos le masajearon las nalgas para deslizar luego una mano entre sus muslos y acariciar esa parte caliente y húmeda de su cuerpo. Sus caderas se sacudían como si tuvieran vida propia.

Estrujando la colcha con los dedos, levantó las caderas y contuvo el aliento. Por fin Cooper se hundió en su interior, y comenzó a moverse con embestidas rápidas y seguras, empujándola hacia el ansiado clímax.

Terri echó la cabeza hacia atrás y gimió. Los músculos internos de su sexo se tensaron, y con cada embestida de Cooper su excitación era aún mayor. La respiración de ambos se había tornado agitada y entrecortada, y cuando ya se encontraba al límite se estremeció y se echó hacia atrás, empotrándose contra él y gritando su nombre. Cooper se hundió con todas sus fuerzas dentro de ella, y a Terri se le nubló la vista con la fuerza del orgasmo que le sobrevino. Gritó su nombre de nuevo y cabalgó las olas de placer que se habían desatado en su interior.

Su cuerpo aún estaba temblando cuando lo sintió tensarse, lo oyó gritar y luego se derrumbó sobre ella.

Terry apenas podía mirar a Cooper la tarde siguiente en la sala de juntas. Tenía la sensación de que, si lo hiciera, todo el mundo sabría lo que estaba pensando. Y es que no podía dejar de pensar en la noche pasada.

Había sido mágico, increíble. Habían usado todos los preservativos que Cooper llevaba consigo, y al amanecer se habían visto obligados de puro agotamiento. Al despertarse Terri se había encontrado sola con los recuerdos de esa noche y las sábanas revueltas.

No había visto a Cooper en todo el día y en ese momento, sentados en los extremos opuestos de la mesa de la sala de juntas, era como si fueran dos extraños. Ella no podía dejar de pensar en todas las cosas que Cooper le había hecho y en las que habían hecho juntos, pero, sin embargo, en sus ojos veía una fría indiferencia que no alcanzaba a entender.

–Muy bien –dijo Cooper, sacándola de sus pensamientos. Estaba a punto de descubrir si se aprobaría su idea de los hoteles para vacaciones en familia o no–. Ethan, ¿qué has averiguado?

El hombre lanzó a Terri una mirada a modo de disculpa antes de decir:

–Sorprendentemente he descubierto que las cifras apoyan el enfoque de las vacaciones en familia. Nunca hubiera pensado que tantos matrimonios viajaran a Europa con sus hijos. Y no solo familias –hizo una pausa para revisar sus notas y continuó–: Como sugirió Terri, cada vez hay más y más jubilados que viajan al extranjero. La mayoría prefieren viajar en grupos con tours organizados por agencias de viajes para no tener que preocuparse del itinerario ni de las maletas. De hecho, si trabajáramos junto con esas agencias mediante esos hipotéticos Hayes 2, podría resultar bastante rentable. Vamos, que hasta podríamos organizar nuestros propios tours, ofertando estancias en dos o más de nuestros hoteles.

Terri, que no se había dado cuenta de que estaba conteniendo el aliento, respiró aliviada.

–¿Sharon? –dijo Cooper, girándose hacia esta.

–Ethan tiene razón. Me enseñó los números y juntos investigamos un poco más. Hay una demanda del tipo de alojamientos que sugirió Terri, y la verdad es que no puedo creerme que a ninguno se nos ocurriera antes. Me pediste que buscara posibles ubicaciones para el primer Hayes 2 en Londres, y he encontrado varios sitios que resultarían adecuados, como Chelsea, Kensington o Knightsbridge –se volvió hacia Terri y, mirándola con respeto, le preguntó–: ¿Tú qué opinas, Terri?

Feliz con cómo había ido, Terri habló con más seguridad que el día anterior. Además, ella también había estado investigando por su cuenta zonas de Londres con actividades para familias.

–Todas esas opciones me parecen estupendas, aunque yo preferiría que fuera Kensington. ¿Por qué no averiguas qué propiedades están disponibles y partimos de ahí?

–Me pondré con ello –dijo Sharon–. Y, si te parece bien, me pasaré mañana por tu despacho para que lo hablemos.

Terri, que no podía estar más complacida, experimentó un cierto orgullo y sintió que había hecho algo bien. Pasara lo que pasara, al menos se había ganado el respeto de las personas sentadas a aquella mesa.

–Me parece estupendo, gracias. ¿Sobre las dos?

–Perfecto –dijo Sharon.

–Muy bien –intervino Cooper de nuevo–. ¿Algún tema más que debamos tratar?

Los demás se miraron pero nadie más pidió la palabra y uno a uno fueron abandonando la sala hasta que solo quedaron Terri y él. Sus ojos se encontraron, pero Cooper permaneció en silencio. ¿Acaso no sentía nada después de lo de la noche pasada?

–Deberías haberme despertado antes de irte –le dijo Terri.

Cooper sacudió la cabeza.

–Me pareció que sería mejor dejarte descansar.

Su excusa sonaba razonable, pero Terri sabía que había algo más.

–¿Estás seguro de que ese fue el motivo?

–¿Qué otro motivo podía haber tenido? –le espetó él levantándose y metiéndose las manos en los bolsillos.

¿Acaso se arrepentía de lo que había ocurrido entre ellos? Y si era así, ¿por qué?

–Creo que solo querías evitarme –dijo Terri, yendo hacia él.

Cooper resopló y sacudió la cabeza.

–Pues claro que no.

Terri alargó la mano hacia su brazo, pero él se apartó.

–Terri, este no es el momento para eso –masculló–. Los dos tenemos cosas que hacer. Lo de anoche ya pasó; hoy es hoy.

–Vaya. Y tú decías que yo era muy directa... –murmuró Terri. Su respuesta le había dolido, sí, pero también la había enfadado. Creía que la noche anterior se había forjado un vínculo especial entre ellos, y parecía como si Cooper quisiera reducir a cenizas ese «puente»–. ¿Por qué te muestras tan frío conmigo de repente? Te dije que no esperaba una declaración de amor eterno, ni una proposición de matrimonio...

–Aún no –masculló él.

–¿Perdona? –dijo ella con una risa incrédula.

No sabía si se sentía más aturdida o insultada.

Cooper suspiró.

–Terri, si seguimos por ese camino, lo único que conseguiremos es complicar aún más las cosas.

Terri asintió para sí.

–Y las complicaciones son malas, ¿no?

–Para nosotros sí –le espetó él–. Bastante tenemos ya con intentar dilucidar cómo vamos a manejar esto de ser socios y si funcionará o no.

–Yo creía que estaba funcionando –apuntó ella–. Me dijiste que te gustaban mis ideas. Además, Ethan y Sharon han llegado a la conclusión de que son viables. Vamos a llevarlas a cabo…

Cooper la asió por los brazos y la atrajo hacia sí.

–Tuviste una buena idea, sí. Y no voy a restarte ningún mérito. Pero dirigir una compañía es más que eso, Terri. Y no sé si estás preparada para hacerlo.

Terri, que se había sentido muy segura de sí misma hasta ese momento, titubeó.

–Bueno, pero no lo sabremos si no lo intento.

–Tus experimentos podrían ocasionarnos pérdidas.

–Eso no puedes saberlo si no me das una oportunidad –insistió ella.

–¿Y al cuerno con las complicaciones?

–Solo serán complicaciones si dejamos que se conviertan en eso.

Terri ignoró su fría mirada y lo rígido que estaba y, poniéndose de puntillas, apretó sus labios contra los de él. No pasaron ni cinco segundos antes de que Cooper respondiera al beso, la rodeara con sus brazos y devorara sus labios con la misma pasión que habían compartido la noche anterior. Cuando ella se apartó finalmente, poniendo fin al beso, lo miró a los ojos y sonrió.

–Entonces, ¿vendrás esta noche a mi suite? –le preguntó.

Cooper inspiró y asintió.

***

Cooper seguía teniendo sus dudas, pero Terri estaba demostrándole poco a poco su valía. Y no solo a él, sino a todo el mundo. Al llegar a Las Vegas se había sentido abrumada y su confianza en sí misma se había tambaleado, pero estaba empezando a hacer amigos entre los empleados y sentía que estaba adaptándose bastante bien a su nueva vida. Y, lo más importante, estaba descubriendo que estar al frente de Hayes Corporation con Cooper la llenaba más de lo que jamás hubiera imaginado.

Tendría que volver a Utah para poner su casa a la venta porque, si iba a comprometerse con la compañía, tenía que quemar las naves e ir a por todas.

A lo largo de la semana siguiente tuvo reuniones con Sharon y Ethan para hablar del nuevo hotel que iban a abrir en Londres, y que finalmente se situaría en Kensington. Habían encontrado el edificio perfecto, un antiguo y precioso hotel. Una vez formalizada la adquisición empezarían con las reformas, y esperaban que ese primer Hayes 2 estuviese en funcionamiento el verano próximo.

Cada día traía consigo nuevos desafíos, que disfrutaba afrontando, y cada noche la pasaba con Cooper. Su corazón rebosaba felicidad, y aunque Cooper seguía sin abrirse del todo a ella, sí le parecía que poco a poco iba haciendo un pequeño agujero en los muros que había levantado en torno a sí.

Era importante para ella. Tenía que hacer que se diera cuenta de que lo que había entre ellos era algo más que sexo. Tenía que encontrar la manera de hacerle saber que estaba enamorándose de él.

Lo único que tenía que hacer era demostrarle que encajaba allí, a su lado, y entonces Cooper dejaría de escudarse tras sus prejuicios y vería, como ella, que formaban un gran equipo.

Por eso, una tarde, cuando Dave fue a verla para hablarle de algo que le pareció que podría ser una gran oportunidad para ganarse a Cooper, no lo dudó.

–Simon Baxter es un inversor escurridizo –iba diciéndole Dave mientras bajaban en el ascensor. Habían concertado un encuentro entre Baxter y ella en un bar del hotel–. Cooper lleva años intentando persuadirlo para que invierta en Hayes Corporation. Si tú lo logras, Cooper se convencerá de que te mereces una oportunidad.

Terri le dio un abrazo.

–Gracias, Dave. No sabes cómo te agradezco que confíes en mí.

–Te lo has ganado –le dijo Dave con una sonrisa–. Tú convence a Baxter y el resto vendrá rodado.

Eso iba a hacer, se dijo, aunque estaba hecha un manojo de nervios. Así le demostraría a Cooper, de una vez por todas, que se tomaba muy en serio ser parte de Hayes Corporation y que era la persona que necesitaba a su lado, no solo en los negocios, sino también en su vida.

Para cuando Terri terminó su reunión con Simon Baxter, de la empresa TravelOn, y subió a la planta donde estaban las oficinas de Hayes Corporation, todo el mundo se había ido ya a casa. Sus pasos resonaban en el silencio que reinaba. Resultaba algo inquietante, cuando siempre había un bullicio tremendo, pero esa sensación desapareció de inmediato en cuanto abrió la puerta del despacho de Cooper y lo vio sentado tras su escritorio. Tenía la chaqueta quitada, la corbata aflojada y el cuello de la camisa desabrochado.

–Hola –la saludó–. Estaba a punto de subir. ¿Dónde has estado?

–En una reunión –contestó Terri, yendo junto a él.

Cooper frunció el ceño y la sentó en su regazo.

–¿Con quién?

–Eso es una sorpresa –contestó ella, echándole los brazos al cuello y besándolo en los labios.

Por dentro temblaba de la emoción. Lo había conseguido, había llegado a un acuerdo con Simon Baxter y solo faltaba la aprobación de Cooper. Estaba impaciente por ver su cara cuando se lo dijera.

–Me he reunido con Simon Baxter.

–¿Cómo?

Terri sonrió al ver su sorpresa. ¡Y más que se iba a sorprender!

–Ha accedido a invertir en Hayes Corporation. Creo que es un buen trato, aunque, por supuesto, no se hará nada hasta contar con tu aprobación.

–¿Mi aprobación? –Cooper apartó sus brazos y se quedó mirándola aturdido–. ¿Pero qué diablos has hecho?

Terri parpadeó confundida.

–Te lo he dicho: he hablado con Simon y ha accedido a invertir en la compañía. Pero no se decidirá nada en firme si tú no das tu aprobación.

–Ni lo haré jamás –dijo él con aspereza. La hizo bajarse de su regazo y se puso en pie, como si no fuera capaz de permanecer sentado ni un segundo más–. ¿Cómo se te ha ocurrido hacer algo así?

Terri no entendía por qué estaba tan furioso.

–Es un inversor –le dijo–. Creía que una inversión sería buena para la compañía.

–Si lo fuera, habría aceptado su oferta hace diez años, cuando murió mi padre –contestó él, irritado, pasándose las manos por el cabello–. Simon Baxter, el rey de los moteles… –gruñó sacudiendo la cabeza–. Por amor de Dios… No puedo creerme que hayas hecho esto a mis espaldas…

–No lo he hecho a tus espaldas –protestó Terri, anonadada.

–Pues es lo que parece –replicó él, apartándose de ella como si necesitase poner distancia entre los dos–. No quiero inversores externos; nunca los he querido. ¡Si ni siquiera te quería a ti como socia!

Terri se sintió como si le hubiese pegado un puñetazo en el estómago y los ojos se le llenaron de lágrimas, pero parpadeó con fuerza para contenerlas. No, no iba a llorar.

–Esta es mi compañía –casi rugió Cooper–. Me hice cargo de ella cuando mi padre murió y he hecho de ella lo que es hoy. Y lo hice sin ayuda de nadie.

–¿Y qué me dices de mi padre? –replicó ella–. Jacob era tu socio; no estabas solo al frente de la compañía.

–Jacob iba y venía, pero jamás metió las narices en la gestión del negocio, que es más de lo que puedo decir de ti –le espetó Cooper–. ¿Es este el verdadero motivo por el que viniste aquí? ¿Has estado jugando conmigo todo el tiempo? ¿Me has tendido una trampa para forzar una absorción? Te has estado haciendo la inocente y me has distraído con el sexo para poder pillarme con la guardia baja, ¿no es verdad? ¿Cuánto te ha prometido Simon por traicionarme?

–¿Traicionarte? Lo que quería era darte una sorpresa.

Cooper soltó una risa amarga.

–Una sorpresa… Pues enhorabuena, porque lo has conseguido. Y yo que creía que ibas de frente…

Terri no sabía por qué estaba tan enfadado, pero ella no había hecho nada de lo que tuviera que avergonzarse. Solo había concertado aquella reunión con Simon Baxter con la mejor de las intenciones.

–¿Ahora de repente crees que estoy conspirando contra ti? Pues te equivocas.

Quizá debería haberlo hablado con él antes de tener aquella reunión, pero Dave le había asegurado que Cooper quería conseguir que Baxter invirtiera en la compañía. Fue entonces cuando empezó a preguntarse si no sería Dave quien estaba manejando los hilos. ¿Podría ser que tuviera algún motivo para querer enfrentarla con Cooper? Ella había confiado en él, y Cooper confiaba en él.

–No es mi estilo –le dijo a Cooper–. Yo nunca miento, y no he estado conspirando a tus espaldas; estaba tratando de ayudar.

Cooper resopló y le dio la espalda, girándose hacia el ventanal.

–Ni siquiera había oído hablar de ese Simon Baxter hasta que Dave me dijo que estaba aquí, en Las Vegas, y quería una reunión con nosotros.

Cooper se volvió y la miró con frialdad.

–¿Dave? –repitió.

–Sí. Me dijo que te haría feliz si conseguía convencer a Baxter de que invirtiera en la compañía, que así podría demostrarte mi valía. Es la única razón por la que accedí a reunirme con él.

Cooper la miró con repulsión.

–¿Esperas que me crea que mi mejor amigo es quien me ha traicionado? Dave y yo llevamos más de diez años trabajando juntos; tú solo llevas aquí unas semanas. ¿Y se supone que tengo que creerte a ti antes que a él?

A Terri le dolía el corazón y le escocían los ojos. Cooper no la creía… Incluso había dicho que no la quería como socia.

–O sea, que prefieres creer que he sido yo –murmuró.

–Yo no he dicho eso.

–Ni falta que hace. Me da igual a quién creas –le dijo Terri con un nudo en la garganta, pero voz firme. Por supuesto que le importaba, pero no quería darle la satisfacción de ver el daño que le habían hecho sus palabras–. Pero si tan mala opinión tienes de mí, después de lo que hemos compartido, me pregunto si no serás tú el que ha estado jugando conmigo todo este tiempo.

Al ver que él no decía nada, sino que seguía ahí plantado, mirándola con frialdad, suspiró y sintió que su alma se encogía de dolor.

–Todo este tiempo has estado esperando que fracase –murmuró–. Querías que fracasara para que me marchara y pudieras volver a quedarte para ti solo tu preciosa compañía.

Cooper apretó la mandíbula y frunció el ceño, pero no negó sus afirmaciones.

–Enhorabuena –añadió Terri–. No me había dado cuenta hasta ahora. Ni siquiera se me ocurrió pensar que no estabas sino esperando el momento adecuado para ofrecerte a comprar mi parte de la compañía. Ha debido ser muy frustrante para ti ver que mis ideas estaban siendo bien recibidas y que los demás empleados estaban contentos conmigo.

–Maldita sea, Terri…

Ella irguió los hombros y levantó la barbilla, desafiante.

–Yo no he fracasado, pero tú sí –le espetó, mirándolo a los ojos.

Se dio la vuelta para marcharse pero se detuvo cuando él la azuzó con una pulla:

–¿Vas a otra reunión?

Terri miró a aquel hombre al que amaba pero no confiaba en ella ni la quería como socia.

–No –le respondió–, es que ya no quiero seguir aquí.

Capítulo Diez

Ya a solas en su suite Terri sucumbió al torbellino de emociones que se agitaban en su interior y se permitió llorar. No podía creer lo que había pasado. ¿Por qué le había hecho Dave aquello? ¿Por qué le había tendido aquella trampa? Y la reacción de Cooper... ¿habría sido fingida? ¿Habrían planeado aquello juntos Dave y él? No, estaba segura de que Cooper no había estado actuando. Se había mostrado sorprendido y furioso cuando le había dicho lo que había hecho.

Soltó su bolso en la mesa del comedor, y solo entonces se fijó en un sobre marrón que había sobre ella. Tenía su nombre escrito a máquina. Se enjugó las lágrimas y lo rasgó. Con su mala suerte, probablemente sería una notificación de desahucio de la suite firmada por Cooper.

Sollozando, se sentó en una silla y extrajo del sobre los papeles que contenía. En primer lugar había una carta mecanografiada del señor Seaton, el abogado de su difunto padre biológico, el hombre que había ido a verla a Ogden y con el que había empezado todo aquello. Decía así:

Señorita Ferguson:

De acuerdo con los deseos de su difunto padre,

le envío esta carta suya tres semanas después de su muerte.

Atentamente,

Maxwell Seaton

Una carta… Una carta del padre al que jamás había llegado a conocer… A Terri casi le daba miedo leerla, pero finalmente la desdobló para hacerlo.

Querida Terri:

A pesar de que no he formado parte de tu vida, no he dejado de estar pendiente de ti, aunque en la distancia, durante todos estos años. Tus padres adoptivos son buena gente, y me siento agradecido hacia ellos por haberte dado el cariño que yo no he podido darte.

Tu madre y yo éramos muy jóvenes y estábamos muy enamorados. Cuando se quedó embarazada, planeamos escaparnos juntos después de que nacieras, pero la perdí la misma noche en que viniste al mundo.

Sabía que yo solo no podría darte la vida que merecías, así que decidí entregarte en adopción. Fue lo más difícil que he hecho jamás.

A Terri se le llenaron los ojos de lágrimas que rodaron por sus mejillas.

Quiero que sepas que te quisimos antes incluso de que nacieras. Y aunque sé que tus padres adoptivos te quieren muchísimo, espero que en algún momento pienses en los padres que también te quisieron mu-

chísimo y tuvieron que renunciar a ti. Sé muy feliz, Terri.

Tu padre,

Jacob Evans

Las lágrimas le nublaban la vista mientras volvía a doblar la carta, y sintió que se le hacía un nudo en la garganta, mezcla de la lástima que sentía por su padre y la pena por no haber podido conocerlo en vida.

Paseó la mirada por la lujosa pero impersonal suite y se sintió tan vacía como ella. Necesitada desesperadamente de consuelo, se levantó y fue hasta el teléfono más cercano para llamar al servicio de habitaciones.

–Hola –dijo, confiando en que su voz no sonara tan lastimera como se sentía ella en ese momento–. Necesito que me traigan un buen trozo de tarta de chocolate con helado de vainilla… ¿En veinte minutos? Estupendo, gracias.

Mientras esperaba, descorchó una botella de vino blanco y se sirvió una copa.

Su padre la había querido, pero no había podido conocerlo. Ella amaba a Cooper y jamás sería suyo. Tenía el corazón hecho pedazos, y la sensación triunfal que había tenido hacía solo unas horas se había disipado por completo.

Sacudió la cabeza, volvió a sentarse en el comedor y sacó el móvil de su bolso. Nunca había necesitado tanto oír una voz amiga, y solo había una persona con quien pudiera hablar de verdad.

Abrió el WhatsApp y le mandó un mensaje a Jan.

Terri: ¿Puedes tomarte unos días para venir a verme? Necesito a la caballería.

Jan: Claro. ¿Qué ha pasado?

Terri sonrió aliviada.

Terri: Te lo contaré cuando llegues. Te haré una reserva para el vuelo para mañana y te la enviaré por email.

Jan: De acuerdo, megamillonaria; tampoco me voy a hacer de rogar.

Terri se rio con tristeza.

Terri: Gracias, Jan.

Jan: De nada. Tú solo dime a quién hay que patearle el culo. Nos vemos mañana.

Terri abrió su portátil y entró en la página web de una compañía aérea. Reservó un billete para primera hora de la mañana y le envió la confirmación a Jan, como le había dicho. Era maravilloso tener a alguien con quien poder contar pasara lo que pasara.

A la mañana siguiente Cooper estaba de un humor de perros. Se había pasado toda la noche despierto, pensando en la discusión con Terri, en las cosas que le había dicho, en lo que le había respondido ella. Y también en la expresión de su rostro cuando la había acusado de haberlo traicionado. No podía quitarse de la cabeza el dolor que había visto en sus ojos.

Sacudió la cabeza. Cómo hubiera reaccionado Terri era irrelevante. Bastante tenía ya con el mazazo que él acababa de recibir. Descubrir que Dave, su mejor amigo, la persona en la que siempre había confiado, estaba detrás de todo aquello, era algo demasiado difícil de digerir.

Naturalmente en un principio no había dado la más mínima credibilidad a Terri. Se había dicho que era un ardid suyo, una treta para parecer inocente mientras arrojaba a Dave a los lobos.

Por eso, había hecho lo único que podía hacer para averiguar la verdad: llamar a Simon Baxter. Y solo recordar la breve conversación que había mantenido con él hacía que se le partiese el corazón de nuevo.

Quizá debería haber creído a Terri, que siempre había sido sincera con él, pero... ¿quién podría echarle en cara no haber querido admitir que había sido su mejor amigo quien lo había traicionado?

–Hola, Simon –había saludado a Baxter por el móvil, mientras se paseaba arriba y abajo por la terraza de su suite–. Me han dicho que esta noche te has reunido con mi nueva socia para hablar sobre la posibilidad de invertir en nuestra compañía.

«Sé amable», se había dicho. «Solo así te dirá lo que quieres saber».

–Sí, es verdad –le había confirmado Simon de buen humor–. Esa joven es muy lista, Hayes. Sabe cómo negociar. Eres un hombre afortunado.

¿Afortunado? Se sentía tan afortunado como un hombre subiendo los escalones del cadalso, pero se había mordido la lengua y había respondido:

–Sí, ya lo creo. Terri me ha dicho que fue Dave quien le propuso que os reunierais.

De fondo se había oído entonces el clic de un encendedor y Cooper había imaginado que Baxter estaría encendiendo uno de sus puros. ¿Para celebrar lo que consideraba un golpe maestro?

–Así es –había respondido Simon–. El bueno de Dave llevaba un año asegurándome que antes o después lograría convencerte, que te darías cuenta de que era una buena idea que uniéramos fuerzas.

Al oír eso a Cooper se le había caído el alma a los pies, y la ira se había apoderado de él. Le había costado mantener un tono de voz calmado.

–¿Ah, sí?

–Pues sí. Ya sabes lo ambicioso que es ese muchacho; es puro nervio. Pero no hay duda de que es leal a ti; siempre pensando en lo que más le conviene a tu compañía. Y piensa, como yo, que si nos fusionáramos sería muy bueno para los dos.

Sí, claro, porque una fusión entre una cadena de hoteles de cinco estrellas y otra de moteles de carretera era una idea fabulosa… ¿En qué diablos había estado pensando Dave? ¿Y llevaba un año en conversaciones con Baxter a sus espaldas? ¿Qué más habría estado tramando?

–Bueno, Simon, detesto volver a decepcionarte –le había dicho con aspereza–, pero mi compañía va a seguir como está: nada de inversiones externas y nada de fusiones.

–¿Cómo? Pero eso no es lo que Dave ha estado prometiéndome durante meses, ¡ni lo que me dijo esa chica anoche! –había protestado Baxter, iracundo.

–Dave no tiene la potestad para llegar a esa clase de acuerdos, Simon, y lo sabes. En cuanto a Terri… –había mascullado él, frotándose la frente. Estaba empezando a dolerle la cabeza–. Es nueva aquí y hay cosas que no comprende.

–Dave dijo que tú estabas de acuerdo, Hayes.

–Pues mintió –le había espetado Cooper.

¡Qué amargas sabían esas palabras! Su amigo lo había traicionado y había utilizado a Terri para llevar a cabo su traición.

–Oye, oye, no tan deprisa… –había gruñido Baxter.

–No tenemos nada más de que hablar, Simon –le había dicho Cooper, y le había colgado.

A punto había estado de lanzar el condenado móvil contra la pared. Terri le había dicho la verdad, pero… ¿acaso cambiaba eso algo? Él nunca había querido tener una socia, y aunque había tenido unas cuantas buenas ideas en esas dos semanas, seguía sin encajar allí. Además, si se quedase, lo que había surgido entre ellos podría convertirse en algo más que una relación pasajera. ¿Estaba preparado para eso?

Cooper se levantó cuando Dave llamó a la puerta y entró en su despacho tan campante.

–¿Querías verme? –le preguntó con una sonrisa.

Cooper rodeó su escritorio y se sentó en el borde.

–Sí. Terri me ha contado que se reunió anoche con Simon Baxter.

Dave contrajo el rostro y se encogió de hombros.

–Ya, me dijo que quería hablar con él. Yo no quería presentárselo, Coop –dijo levantando ambas manos, como indicando que no le había quedado más remedio–, pero es tu socia, y me pareció que no podía negarme.

Era evidente que estaba dispuesto a llevar sus mentiras hasta el final. Cooper asintió y le dijo:

–Además, difícilmente habrías podido negarte cuando habías sido tú quien lo había preparado todo.

–¿Qué? –exclamó Dave riéndose, pero era una risa nerviosa.

–Llevas un año intentando promover un acuerdo con Simon –continuó Cooper mirándolo a los ojos. En ellos vio un atisbo de culpa que poco después se desvaneció.

–¡Venga ya! ¿En serio?

Cooper ignoró ese tibio intento de desmentir sus acusaciones y le preguntó:

–Si Jacob no hubiera muerto y Terri no se hubiera presentado aquí, ¿cómo lo habrías llevado a término?

–¿Pero qué dices?, ¿estás loco?

–No, lo que estoy es furioso –le espetó Cooper. Podía verlo en sus ojos: Dave se estaba dando cuenta de que ya no tenía sentido seguir negándolo–. ¿Cómo has podido hacerme esto, Dave? Somos amigos. Llevamos años trabajando juntos.

–¿Juntos? –Dave resopló y sacudió la cabeza–. No, Cooper, tú eres mi jefe; yo trabajo para ti.

–¿Y qué? –replicó él, entre incrédulo y confundido–. Eres mi asistente. ¿Acaso tiene eso algo de malo?

–Sigues sin entenderlo –dijo Dave con una risa seca–. ¿Que si tiene algo de malo? Lo detesto –le espetó–. Salto cuando me dices que salte, voy a donde me dices que vaya, hago lo que me dices que haga. ¡Por Dios!, de los dos soy el que más trabajo y aun así no sigo siendo más que un empleado. Y jamás seré otra cosa.

–Si eso es lo que crees, eres tú el que está loco. Sí, trabajas mucho, pero como todos los que estamos aquí –le dijo Cooper indignado–. Y sí, ¡pobre de ti!, que cobras un sueldo de seis cifras con cinco semanas de vacaciones al año. Debe ser muy duro estar en tu pellejo…

Dave lo miró burlón.

–¿Qué sabrás tú? El chico de oro… Todo te va viento en popa; te sale el dinero por las orejas. ¿Quieres saber cómo habría manejado lo de Simon si esa simplona de Terri no hubiera aparecido? Cuando me hubieras dado esas acciones que me habías prometido, se las habría vendido a Simon por una fortuna. Y entonces sí que habría empezado a vivir como quiero. ¿Qué narices!, ¡como me merezco!

La vileza de aquel hombre al que había creído su amigo dejó a Cooper completamente descolocado. ¿Cómo no se había dado cuenta de lo falso que era en todo ese tiempo? Jamás habría imaginado que la envidia había corroído a Dave hasta el punto de que estaba completamente amargado. Diez años a su lado y de repente se daba cuenta de que no sabía quién era. ¿Qué decía eso de su criterio?

–Deberías hacerte actor –murmuró–. Todos estos años interpretando el papel de mi mejor amigo y yo no sospeché nada ni por un momento…

–Por favor… –masculló Dave con un gesto desdeñoso–. No veías más que lo que querías ver, como siempre has hecho. ¡Vamos!, ¡si has llegado a creerte que Terri estaba intentando venderte al enemigo! –se rio–. ¿En serio? ¿Esa simplona?

–No es ninguna simplona –le dijo Cooper con aspereza–. En el poco tiempo que lleva aquí ha hecho muchas cosas buenas. Además, no es una mentirosa, a diferencia de ti.

–¿Y por eso la has acusado de haberte apuñalado por la espalda? –se burló Dave, sacudiendo la cabeza.

Sí, era lo que había hecho. Sintió una punzada de culpabilidad al recordar cómo se había quedado mirándolo antes de marcharse dolida. Se ocuparía de eso más tarde, se dijo.

–Ya va siendo hora de que te vayas –le dijo a Dave.

–No, si me voy, no te preocupes. Antes de que acabe la semana otra cadena hotelera me habrá contratado.

–Pues les deseo suerte –dijo Cooper cruzándose de brazos–. En deferencia a nuestra amistad no haré que te echen de aquí, pero…

Dave levantó una mano para interrumpirlo.

–Ahórrame tus sermones.

–Muy bien. Solo un par de palabras más: estás despedido.

A pesar de la actitud chulesca de Dave, su tono terminante lo dejó tan aturdido como si le hubiera dado un bofetón. Sin embargo, se repuso rápidamente.

–Muy bien. Me llevaré una buena indemnización, y te aseguro que no echaré en falta nada de esto ni por un segundo.

Cuando se marchó, Cooper se quedó mirando la puerta un buen rato, preguntándose si Dave no estaría en lo cierto al menos respecto a una cosa: ¿de verdad solo veía lo que quería ver?, ¿se negaba a ver cualquier cosa que amenazase con alterar su visión del mundo?

Había dado por sentado que era Terri quien lo había traicionado porque le era más conveniente. Así habría tenido una excusa para deshacerse de ella, para comprarle su parte del negocio y obligarla a marcharse. Y también habría tenido un motivo para poner fin a lo que había surgido entre ellos antes de que sus sentimientos hacia ella se volviesen más profundos.

Y ahora que el daño estaba hecho la pregunta era: ¿debería intentar deshacerlo? ¿O dejar las cosas como estaban por el bien de ambos? Quería ir en su busca, abrazarla, decirle que había estado equivocado, que lo que sentía por ella lo descolocaba de tal manera que no sabía cómo manejar esos sentimientos. Pero no lo hizo, porque si Terri decidía irse a pesar de todo, no soportaría verla marchar.

Cuando Terri abrió la puerta de su suite para dejar pasar a Jan, los ojos verdes de su amiga relucían de la emoción.

–¡Madre mía! Un asiento en primera clase en el avión, una limusina con champán para recogerme, y luego un botones guapísimo trae mi maleta hasta aquí. No me costaría nada acostumbrarme a todo esto.

Dejó su bolso en la mesa del comedor y abrazó a Terri, que se sentía tremendamente agradecida por tener allí a su amiga, de personalidad desbordante y fiera lealtad. Fue entonces cuando vio que en el pasillo estaba Jake, el botones que la había acompañado, esperando.

–¡Ay, perdona! –exclamó Jan–. Sé que tengo que darte una propina. Es que…

–No hace falta –replicó Jake con una sonrisa–. Invita la casa –añadió, guiñándole un ojo.

Cuando se hubo marchado, Jan se abanicó con la mano.

–Madre mía, es monísimo, ¿verdad? –dijo, pero cuando miró a Terri debió ver en su rostro lo mal que se sentía, porque su expresión se volvió de inmediato fiera–. ¿Quién te ha hecho daño? Dime dónde está esa sabandija y…

–Dios, cómo me alegro de verte… –murmuró–. No te imaginas cómo se han torcido las cosas.

–Seguro que se puede arreglar –le dijo Jan, y entrelazó su brazo con el de ella mientras pasaban al salón–. Deja que babee un poco más con tu suite y luego me lo cuentas todo.

Terri se rio y una vez se hubieron sentado en el sofá se lo contó todo. No se guardó nada, y para cuando hubo terminado su relato, Jan echaba chispas.

–¿Pero qué le pasa a ese Cooper? ¿Es que no ve que ese Dave te había tendido una trampa?

–No lo sé –murmuró Terri, que aún estaba dolida–. Quizá no quiera verlo. Llegó a decirme que ni siquiera me quería como socia.

–Bueno, eso tampoco dependía de él, ¿no?

–No, pero ahora quizá sí.

–¿Por qué? –exclamó Jan irritada, poniéndose de pie. Se alejó unos pasos y volvió a sentarse–. Eres su socia porque tu padre te legó su mitad de la compañía. Eso él no puede cambiarlo.

–Él no, pero yo sí –dijo Terri. Fue hasta el mueble bar, sacó una botella de vino y lo descorchó. Lo sirvió en dos copas y volvió con Jan–: Quería que vinieras porque necesitaba compañía cuando volviera a Ogden –añadió, sentándose y tendiéndole una de las copas.

–¿Qué? –inquirió Jan anonadada. Tomó la copa y bebió un sorbo.

–Iremos en coche. Quiero pasar por casa de mi madre para recoger a Daisy, y luego volveremos a Ogden. Este no es mi sitio, Jan, y Cooper no me quiere aquí.

–¿Vas a tirar la toalla? –Jan dejó su copa en la mesita frente al sofá y puso las manos en las caderas–. ¿En serio? Tu padre quería que tuvieras todo esto... ¿y vas a darte por vencida solo porque Cooper está molesto? Viniste aquí para cambiar tu vida, ¿recuerdas?

Dicho así, la idea de marcharse sí que sonaba a rendición, pero es que se había pasado toda la noche dándole vueltas y había decidido que era lo mejor.

–Es mejor así –le explicó–: le venderé mis acciones y no tendremos que volver a vernos.

–Ya –murmuró Jan. Sacudió la cabeza–. ¿Y qué pasa con lo que sientes por él? ¿Vas a ignorar tus sentimientos?

–No puedo hacer otra cosa. Él no me quiere aquí, Jan.

–Porque se siente amenazado por ti.

Terri se rio.

–¿Por mí?

–Sí, por ti. Durante tanto tiempo ha hecho y deshecho a su antojo que no sabe compartir.

–No es un niño de cuatro años –dijo Terri.

–Todos los hombres son como niños de cuatro años –replicó Jan.

–O sea, ¿que debería quedarme y ser desgraciada, esperando que algún día entre en razón? –Terri sacudió la cabeza–. Es lo último que me apetece.

–¿Por qué tendrías que ser desgraciada? Tú misma has dicho que hasta ayer estabas muy contenta, que estabas empezando a hacerte a esto. Tienes tanto derecho a estar aquí como Cooper, ¿o no?

–Bueno, sí…

–Y hasta has tenido unas cuantas ideas estupendas para el negocio, ¿no?

–Sí, pero…

–Y te estás ganando a los empleados, ¿no? Tienes a gente de tu lado. ¿De verdad vas a irte, sin más? ¿Quieres que piensen que es así de fácil derrotarte? No tires la toalla, Terri. No dejes que Cooper te arrebate tu derecho a estar aquí.

Jan tenía razón. Tenía mucha razón. Terri sintió que recobraba el equilibrio en su interior. Aquel era exactamente el motivo por el que había querido hablar con Jan: su amiga era capaz de ver las cosas con más claridad que nadie y sabía que podía confiar en ella. Para todo. Si pudiese tenerla allí, a su lado, en vez de a cientos de kilómetros en Ogden… De pronto se le ocurrió una idea brillante.

–Voy a quedarme –dijo en un tono quedo–. He descubierto que esto me encanta, que se me da bien. Tienes razón; no debería irme para hacer que Cooper se sienta mejor. Así que, sí, me quedaré.

–¡Esa es mi chica! –exclamó Jan sonriendo. Levantó su copa para brindar por ella y tomó un buen trago de vino.

–Si tú te quedas –añadió Terri.

–¿Qué? –balbució Jan, y se quedó mirándola, perpleja.

–¿Qué te parecería mudarte aquí, a Las Vegas, y trabajar en Hayes Corporation como mi asistente?

–¿Lo dices en serio? –inquirió Jan con ojos brillantes.

–Ya lo creo, muy en serio. Te necesito a mi lado, Jan. Sé que siempre serás sincera conmigo, que cuando me esté comportando como una idiota o cuando esté a punto de cometer un error tremendo me lo dirás.

Cuanto más decía, más claro tenía que era justo lo que tenía que hacer: tendría a su mejor amiga a su lado, y Jan ganaría más del doble de lo que ganaba en Ogden.

–Pero para eso no hace falta que me contrates –replicó Jan.

–Espera, deja que acabe de decirte lo que tengo en mente –le pidió Terri, tomando la mano de su amiga–: hasta podrías vivir aquí conmigo. Esta suite tiene casi ochocientos metros cuadrados.

–¡Madre de Dios! –exclamó Jan, paseando la mirada a su alrededor–. ¡Eso es más que nuestros dos apartamentos juntos!

–¡Lo sé! Así que espacio no nos va a faltar. Y trabajarás para mí. Te pagaré un buen sueldo y tendrás más semanas de vacaciones de las que tenías en el banco. Y por supuesto…

–Basta, basta… –le dijo Jan–. Ya me has convencido. Además, no sabes cuánto te he echado de menos estas dos semanas. Y lo de vivir aquí me encantaría. ¡Vamos, con ese bombón de botones…!

Terri le dio un fuerte abrazo y sintió que podía mirar con optimismo hacia el futuro. Aunque tuviera que trabajar con un hombre que no confiaba en ella, y que nunca la amaría.

Capítulo Once

Era maravilloso volver a reír de nuevo. Después de una hora con Jan, Terri se sentía mucho mejor, pero cuando llamaron a la puerta se le cortó la risa, y el corazón le palpitó con fuerza al pensar que pudiera ser Cooper, que hubiera ido allí para disculparse.

–Espera, voy a ver quién es –le dijo a su amiga.

Fue hasta la puerta y al escudriñar por la mirilla sintió que la ira se apoderaba de ella. Abrió la puerta, furiosa, se quedó mirando a Dave y le espetó:

–¿Qué haces aquí?

Dave se coló dentro antes de que ella pudiera evitarlo, y levantó las manos en un gesto conciliador.

–Escúchame solo un momento –le dijo–. Luego te juro que me iré.

Terri cerró la puerta, se cruzó de brazos y se quedó mirándolo expectante. Tras ella, oyó a Jan acercarse.

–¿Y tú quién eres? –le preguntó Dave.

–¿Este es el tal Dave? –le preguntó a su vez Jan a Terri.

–Sí, es él. ¿Qué es lo que quieres, Dave? ¿Es que no has hecho ya bastante daño?

Jan, que se había puesto a su lado, se cruzó de brazos como ella.

–¿Por qué vas a dejarle que hable, Terri? Pégale una patada en el culo y échalo de aquí.

–Oye, tú, escúchame –la amenazó Dave, lanzándole una mirada furiosa a Jan.

–No, eres tú el que vas a escuchar –lo interrumpió Terri, clavándole el dedo en el pecho–. ¿Por qué lo has hecho, Dave? ¿Por qué me hiciste creer que Cooper quería una fusión con Simon Baxter?

Dave miró a una y a otra como un perro acorralado.

–No fue idea mía.

–No me digas… –murmuró Jan con incredulidad.

Él resopló, impaciente, y la ignoró, dirigiéndose a Terri.

–Fue Cooper quien me pidió que lo hiciera. Lo organizó todo para echártelo en cara; quería una excusa para poder deshacerse de ti.

–¡Qué hijo de…! –murmuró Jan.

Si era verdad, Terri no podía sino estar de acuerdo con su amiga, pero al recordar la sorpresa y el enfado de Cooper se dijo que era imposible. Porque si solo había estado fingiendo, deberían darle un Oscar.

–Eso no tiene sentido –dijo sacudiendo la cabeza.

–Pues claro que sí –replicó Dave de inmediato–. Pensó que te sentirías tan mal al darte cuenta del «error» que habías cometido que le venderías tus acciones y así tendría lo que siempre ha querido: ser el único dueño de la compañía.

–¡Qué miserable! –mascculló Jan.

Terri comprendía el enfado de su amiga, pero ella seguía sin estar convencida.

–¿Y por qué me cuentas todo esto? –le preguntó a Dave–. Si estuviste de acuerdo en ayudar a Cooper a tenderme esa trampa, ¿por qué ahora te pones de mi parte?

–Porque me ha despedido –contestó Dave–. No quiere dejar cabos sueltos. No quería arriesgarse a que descubrieras que todo este tiempo ha estado manipulándote. En estas dos semanas ha estado siendo amable contigo, aceptando las ideas que propusiste en la junta y acostándose contigo… todo para que te sintieras fatal al pensar que lo habías fastidiado con lo de Baxter y convencerte de que le vendieras tus acciones y te marcharas.

Un escalofrío recorrió a Terri. ¿Podría ser Cooper tan traicionero y malvado? ¿O Dave estaba volviendo a jugársela en beneficio propio? ¿Y cómo podía saber cuál era la verdad? Había llorado muchísimo, y se había sentido furiosa, pero en ese momento estaba calmada y con la cabeza fría. La cuestión era que, si lo que Dave decía era cierto, Cooper se había tomado muchas molestias para deshacerse de ella. ¿Pero por qué? ¿Por qué no había sido sincero con ella desde el primer momento? ¿Por qué no se había ofrecido desde un principio a comprarle sus acciones?

«Porque sabía que entonces no habrías aceptado», susurró una vocecilla en su mente. «Porque entonces todo esto era una novedad para ti. Porque querías darte una oportunidad. Y él te dejó. Te dio alas. Y todo para al final hacer que te rindieras».

–No le importas nada, Terri –le dijo Dave–. Ni tú ni yo. Hemos sido amigos desde la universidad, y acaba de darme la patada. Es incapaz de sentir afecto por nadie.

Terri no podía creerlo. En esas dos semanas había visto lo apasionado, divertido y amable que podía ser Cooper. Lo que pasaba era que era un poco… reservado. Además, Cooper tenía que haber sabido que al despedir a Dave este iría corriendo a contárselo todo a ella.

Cuando Dave se marchó, el silencio en la suite era atronador. Jan la observaba como si fuera una bomba a punto de explotar, y era así como se sentía.

–¿Entonces qué? –le preguntó su amiga–. ¿Nos creemos lo que ha dicho? Porque, a ver, estamos furiosas con Cooper porque es un capullo, pero Dave te la jugó. ¿Por qué habríamos de creerle ahora?

–Tienes toda la razón –murmuró Terri–. O Dave está mintiendo, o Cooper me mintió anoche… y ha estado fingiendo estas dos semanas.

–¿Y ahora qué? –inquirió su amiga–. ¿Qué quieres hacer?

Lo que quería hacer era hablar con Cooper, decirle que había perdido la partida, que le quería, pero que también había perdido su amor. Y era lo que iba a hacer.

–Voy a llamar a recepción para pedir que traigan mi coche.

–¿Te marchas? –inquirió Jan con incredulidad–. ¿Y qué ha sido de lo de no rendirte?, ¿y con ese estupendo trabajo nuevo que me habías prometido?

–No me marcho. Bueno, no por mucho tiempo. Voy a buscar a Cooper para cantarle las cuarenta, y luego tú y yo nos iremos a Saint George para ver a mi madre y recoger a mi perra. Y después volveremos y nos pondremos a trabajar.

–¡Así se habla!

Quince minutos después, mientras Jan la esperaba abajo, Terri fue a la suite de Cooper. Mientras esperaba a que le abriese, ensayó mentalmente lo que iba a decirle. Lo miraría a los ojos y le diría que estaba enamorada de él y que, aunque sabía que él no sentía nada por ella, lo superaría. Le diría que iba a quedarse, hiciera lo que hiciera para intentar obligarla a marcharse. Pero el corazón le dio un vuelco cuando se abrió la puerta y apareció Celeste, tapada solo con una toalla.

–¡Terri! –exclamó Celeste, llevándose una mano a la boca–. Esto es tan… embarazoso…

Dave le había dado la llave de la suite de Cooper, y su plan había sido sorprender a Cooper cuando llegara, apareciendo medio desnuda ante él, pero que Terri la hubiera pillado allí… Se sintió fatal al ver la expresión dolida en su rostro. Esa sensación de culpa era algo nuevo para ella. Estaba acostumbrada a no preocuparse por nadie más por sí misma.

–¿Celeste? –Terri parpadeó y sacudió la cabeza–. Estaba buscando a Cooper…

Celeste se dio cuenta de que era demasiado tarde como para echarse atrás. Si quería que Cooper le diera otra oportunidad, que volviera con ella, tendría que hacer que Terri renunciara a él. Miró por encima de su hombro, como si esperara ver a Cooper aparecer en cualquier momento.

–Está en la ducha, cariño. Yo iba a unirme a él ahora mismo.

Terri tragó saliva y asintió.

–Comprendo –murmuró.

Era evidente que estaba intentando disimular su dolor, y Celeste se sintió aún peor. Había vuelto a Las Vegas para recuperar a Cooper le costara lo que le costara, pero no podía soportar el daño que le estaba haciendo a Terri. Jamás habría esperado encariñarse así con ella, ni disfrutar con la amistad que había surgido entre ellas y que en ese momento ella estaba desangrándose ante sus ojos. Se sentía fatal; era un gusano, una sanguijuela. Y la dignidad que estaba demostrando Terri la hizo sentirse aún peor.

–Entonces, me marcho –dijo Terri–; os dejo solos...

–Terri...

Celeste quería decir algo para aplacar su dolor, pero no sabía qué.

–No pasa nada –le dijo Terri con suavidad–. Cooper te ha escogido a ti. ¿Podrías decirle que me marcho? Me voy a Saint George.

Celeste frunció el ceño.

–¿Dónde está eso?

–En Utah. Es donde vive mi madre –le explicó Terri. Inspiró y le pidió de nuevo–: Díselo, por favor.

Terri ya se estaba dando la vuelta para marcharse cuando la agarró del brazo.

–Le quieres de verdad, ¿no? –le dijo.

Terri contrajo el rostro y le contestó:

–Sí, pero no te preocupes por mí; lo superaré.

Después de como se había comportado la noche anterior con ella, a Cooper no le sorprendió entrar en el despacho de Terri y encontrarse con que no estaba allí.

Se dirigió a su suite, pensando que seguramente seguía furiosa con él. Y no podía culparla. Se había comportado como un malnacido.

Si se fuera la echaría de menos. Echaría de menos su risa, el brillo en sus ojos cuando estaba emocionada por algo, su sonrisa, el olor de su perfume, sus besos… Pero sobre todo la echaría de menos a ella. Se había enamorado de ella, y ni siquiera sabría decir cuándo había pasado. No quería que se fuera, quería que se quedara, que siguiera siendo su socia. No, quería que fuera más que eso.

Sin embargo, cuando llegó a la suite de Terri, no contestaba a la puerta. Abrió y la recorrió de una punta a la otra, pero no estaba allí. Contrariado, salió y se dirigió a la suya, preguntándose si estaría allí. Apenas había cruzado la puerta cuando oyó una voz familiar que lo hizo pararse en seco.

–Llegas tarde.

Cooper dio un respingo y vio a Celeste sentada en el sofá, envuelta en una toalla.

–Lo que faltaba… –masculló–. ¿Qué diablos haces aquí, Celeste?

–Había venido a seducirte –le confesó ella, levantándose y yendo hacia él con la gracia de una bailarina de ballet.

–Gracias, pero ahora no estoy de humor –masculló él.

–No tengo nada que hacer, ¿no? –inquirió Celeste, dejando caer la toalla al suelo.

Cooper se quedó mirándola. Una de las mujeres más hermosas del mundo estaba allí, desnuda ante él, pero no sentía el menor deseo hacia ella. Lo único que podía pensar era que no era Terri. Se preguntó cómo habría entrado allí y dedujo que Dave debía haberle dado la llave.

Celeste recogió de una silla un vestido negro corto y se lo puso.

–¿Me subes la cremallera? –le pidió a Cooper, volviéndose de espaldas.

Cooper suspiró y se acercó para ayudarla. Luego dio un paso atrás y dijo:

–Márchate, Celeste. En serio, no estoy de humor para tus juegos.

Girándose hacia él, Celeste lo miró a los ojos para contestarle:

–Antes de irme, deberías saber que Terri ha estado aquí.

–¿Qué? ¿Cuándo? –le preguntó Cooper, agarrándola por los brazos.

–Hará una media hora –Celeste se agachó para recoger la toalla–. Me encontró solo con esto. Le dije que tú estabas en la ducha, esperando a que me uniera a ti.

Cooper sintió que la ira se apoderaba de él. Estaba

furioso con ella, y también consigo mismo por dejar que las cosas hubieran llegado a ese punto.

–Maldita seas, Celeste. ¿Por qué le has hecho eso? Terri te aprecia.

–Porque quería que volvieras conmigo –contestó ella, atusándose el cabello–. Pensaba que si me deshacía de Terri lo conseguiría.

–Lo nuestro se acabó hace mucho –respondió él–. Y no tengo intención de volver contigo.

Celeste enarcó las cejas.

–Es duro oírte decir eso, pero sé que no me queda más remedio que aceptarlo, aunque no me guste. Es curioso, es mucho más fácil vivir con una mentira piadosa que aceptar la verdad. ¿Sabes?, hasta que conocí a Terri, hacía años que no le decía a nadie ni una sola verdad. Puede que me haya contagiado algo de su sinceridad –sonrió con tristeza–. Era mi amiga y lo he echado todo a perder. Y lo siento.

–Has echado a perder mucho más que eso.

–No. Aquí va otra verdad, Cooper: has sido tú solito el que has echado a perder lo tuyo con Terri. Ella no es como nosotros; es auténtica. Cuando le ofrece su afecto a alguien lo hace sin reservas, sin esperar nada a cambio.

Cooper se frotó la cara con las manos. Tenía razón y lo sabía. Lo había sabido desde el principio. Había tenido algo auténtico con Terri, algo que la mayoría de la gente no llegaba a encontrar jamás, y lo había dejado escapar.

–Me marcho –dijo Celeste–. Si vuelves a ver a Terri, por favor, dile que siento haberle hecho daño.

–¿Cómo que si vuelvo a verla?

–¿No te lo he dicho? Se ha ido.

Un pánico espantoso se apoderó de él.

–¿Que se ha ido? ¿Adónde?

–Me dijo que se iba a Saint George, en Utah, a casa de su madre –Celeste se colgó con suavidad el bolso del hombro, abrió la puerta y se detuvo un momento antes de salir–. Terri te quiere. No seas idiota y ve tras ella.

Terri no se molestó en llamar a la puerta, que sabía que estaría abierta, y entró con Jan en la casita que compartían su madre y su tía.

–¿Mamá? –llamó.

Había esperado que su madre y su tía salieran corriendo a darle la bienvenida, o al menos su perra, pero no contestó nadie.

–No se oye nada; a lo mejor no están en casa –dijo Jan. Mientras Terri cerraba la puerta, fue a asomarse al salón–. Oh-oh…

–¿Qué? ¿Qué pasa? –inquirió Terri sobresaltada. Pasó a toda prisa junto a ella y se paró en seco al ver a Cooper, cómodamente sentado en el sofá de su madre y a su traidora perrita, Daisy, apoltronada en su regazo–. Cooper…

–¡Terri, cariño! –exclamó su madre, saliendo de la cocina en ese momento. Llevaba una bandeja con una jarra de té con hielo, tres vasos y un plato de galletas–. ¡Ya estás aquí! Tendrías que haber visto la llegada de Cooper –dijo entusiasmada–. ¡El helicóptero aterrizó justo en medio del campo de golf! La gente va a estar semanas hablando de ello.

–¿Un helicóptero? –repitió Terri aturdida.

Cooper se encogió de hombros y continuó acariciando a Daisy.

–El piloto aterrizó un momento para que bajara y despegó de inmediato; no creo que hayamos dañado el campo de golf.

–Pues claro que no –replicó la madre de Terri–. ¡Fue tan emocionante!

–Tu madre ha sido muy amable, dejando que me quedara aquí a esperarte –dijo Cooper, sin dejar de acariciar a Daisy, que estaba encantada.

–Tu perra es una traidora –le dijo en un siseo Jan a Terri, antes de ir a darle un gran abrazo a la señora Ferguson.

–¡Qué alegría verte, tesoro! –le dijo Carol Ferguson–. Me encanta tu peinado.

Jan sonrió.

–Yo también me alegro de verla –dijo–, aunque no puedo decir lo mismo de otras personas… –masculló, lanzándole una mirada furibunda a Cooper.

–Jan… –la reprendió la madre de Terri.

–Yo también me alegro de conocerte –le dijo Cooper divertido a Jan.

–¿Qué te parece si vamos a la cocina a por un par de vasos más para el té? –le dijo Carol a Jan, agarrándola del brazo y llevándosela hacia allí–. Connie está ligando con uno de los golfistas, pero no debería tardar –les dijo a Terri y a Cooper por encima del hombro.

***

Cuando se quedaron a solas, Terri se sintió completamente descolocada. Jamás habría esperado encontrar a Cooper allí.

–¿A qué has venido? –le preguntó.

Cooper apartó a Daisy y se levantó.

–Quería hablar contigo, y me enteré de que te habías ido.

–Ya. Siento haber interrumpido tu ducha con Celeste –mascullló Terri.

Cooper frunció el ceño.

–Sé lo que te dijo, pero no era verdad. Yo ni siquiera estaba allí. Dave debió darle la llave de mi suite y se coló allí para seducirme a mí y hacer que tú te marcharas.

Terri se tambaleó ligeramente al oír aquello. Que Celeste le hubiera mentido era casi más doloroso que pensar que hubiera estado en la ducha con Cooper.

–Parece que los tres habéis estado muy ocupados intentando deshaceros de mí.

–Y parece que funcionó –murmuró él, metiéndose las manos en los bolsillos–. Fue Celeste quien me dijo que te habías ido, que te habías vuelto a Utah.

–No, no funcionó –replicó Terri–. No voy a tirar la toalla, Cooper. Solo he venido a por mi perra. Voy a volver al StarFire. No puedes obligarme a marcharme. No me iré.

–Bien.

–Solo porque creas… ¿Cómo?

–He dicho «bien» –repitió él, yendo hasta ella–. No quiero que te vayas.

–Pero si anoche me dijiste que tu plan era deshacerte de mí, comprar mis acciones para que dejara el negocio.

–Y lo era –Cooper se sacó una mano del bolsillo y se frotó la nuca–. Apareciste de repente, de la nada. Ni siquiera sabía que existías, y de pronto me encontré con una nueva socia. Una socia que no sabía nada del negocio. Estaba cabreado, y mucho. Pero luego las cosas cambiaron.

–¿En serio? Pues anoche me acusaste de haber intentado apuñalarte por la espalda.

–Lo sé, y por eso tenía que hablar contigo. Porque ahora sé que estaba equivocado.

Terri parpadeó y sacudió la cabeza.

–Vaya, jamás pensé que te oiría decir eso.

Cooper dio un paso más hacia ella.

–Dave me lo contó todo. Que estaba intrigando contra mí, que te utilizó. Y que, aunque su plan hubiera fallado, iba a venderle a Baxter las acciones que yo pensaba darle. Jamás sospeché de él. Pero, aunque no hubiera confesado, jamás debería haber pensado que había sido cosa tuya. No es tu estilo. Con lo sincera que fuiste desde un principio conmigo…

Se notaba que se sentía fatal, y su reacción instintiva habría sido consolarlo, decirle que no pasaba nada, pero no lo hizo. Le había hecho daño. Aun así, se sintió obligada a decirle:

–Siento que tu mejor amigo te traicionara.

–Y sé que lo dices de verdad –dijo Cooper. Alargó los brazos hacia ella, pero Terri dio un paso atrás, rechazando el contacto, y él los dejó caer de nuevo–. Incluso después de lo que te hizo… Y de lo que yo te he hecho… Anoche me comporté como un completo idiota.

–Eso no voy a discutírtelo.

Una sonrisa triste se dibujó en los labios de él.

–Ni yo esperaba que lo hicieras. No sabes cuánto lo siento. Me he pasado tantos años tratando con gente que siempre tenía segundas intenciones que había olvidado cómo era estar con alguien que va de frente y no busca sacarte nada.

–Como disculpa no está mal –admitió ella.

–Y solo acabo de empezar –dijo él. Y esa vez, cuando le puso las manos en los hombros, Terri no se apartó–. Eres lo mejor que me ha pasado y no quiero perderte. Quiero despertarme cada día y que lo primero que vea sean tus ojos. Quiero dormirme contigo entre mis brazos. Tú eres todo lo que necesito, Terri. Por eso he venido.

–Creía que habías venido a hablar conmigo.

–Bueno, sí. A eso, y a pedirte que te cases conmigo.

–¿Que me case contigo?

Cooper sonrió.

–Sí. Quiero que estemos juntos. Siempre. Como un equipo. Formamos un gran equipo y quiero que sea algo permanente.

Terri no sabía ni cómo reaccionar.

–Podemos construirnos una casa, porque sé que

quieres tener hijos, y yo también, y quizá un hotel no sea el mejor sitio para criarlos…

A Terri se le cortó el aliento y el corazón empezó a latirle a toda prisa.

–¿Hijos?

–Sí, una familia –Cooper la atrajo hacia sí y la miró con cariño–. Sé que me quieres. Y yo te quiero a ti.

–¿Me quieres? –repitió ella en un susurro.

–Pues claro que sí. ¿Qué crees que hago aquí sino? Te he querido desde el principio, solo que no quería aceptarlo.

–¿Y ahora sí lo aceptas?

–No tengo elección –bromeó él–. Te quiero, te necesito. Después de solo una noche sin ti casi me vuelvo loco.

–Yo también te he echado de menos –murmuró ella–. Pero después de la discusión de anoche pensé que se había acabado.

–Jamás –replicó él, mirándola con adoración–. Estamos hechos para estar juntos. Y te construiré esa casa donde tú quieras…

–No.

–¿No? ¿Cómo que no? –inquirió él frunciendo el ceño.

–Quiero que vivamos en el hotel. Mi suite es enorme, y estoy segura de que en la tuya cabría una familia entera.

–Ya lo creo –contestó Cooper–: cinco dormitorios, seis cuartos de baño…

–¡Madre mía! –exclamó Terri riéndose–. Sí, creo

que cabremos. Y tenemos el jardín de la azotea. Además, Jan va a vivir en mi suite, así que…

Cooper enarcó las cejas.

–¿Te refieres a esa amiga tuya que me detesta?

Terri sonrió.

–La he contratado: ahora es mi asistente.

Cooper sonrió también.

–¡Cómo no! Bueno, pues si vamos a ser vecinos, le compraré un coche para congraciarme con ella.

–¿Pero qué dices?

–Me encantan los coches rojos –dijo Jan desde la cocina, haciendo reír a Terri.

–¿Lo ves?, ya le caigo bien –dijo Cooper–. Y a tu madre también. Y sé que tú me quieres. Dime que me quieres, Terri.

Ella alzó la vista y, mirándolo a los ojos, le dijo:

–Te quiero. Y sí, me casaré contigo.

–Como tiene que ser –respondió él.

La besó con pasión, y cuando por fin separaron sus labios, sacó de su bolsillo una cajita de terciopelo. La abrió, y Terri se quedó boquiabierta al ver el anillo que había dentro.

–Es precioso –murmuró abrumada, mientras él se lo ponía en el dedo.

–¿Seguro que quieres vivir en el hotel? –insistió Cooper–. ¿Qué hay de tu miedo a las alturas?

Terri suspiró y le dijo:

–La verdad es que me he dado cuenta de que solo le tengo miedo a una cosa: a perderte a ti.

Cooper le acarició con delicadeza las mejillas con los pulgares.

–Pues eso jamás va a ocurrir. Formamos un equipo increíble.

–¿Podemos salir ya? –dijo la madre de Terri desde la cocina–. ¡Estamos deseando ver el anillo!

–Solo un momento –respondió Cooper. Y se inclinó para susurrarle a Terri–: Lo primero es lo primero.

Cuando volvió a besarla, Terri respondió al beso con pasión. Aquel era el hombre junto al que tejería sus sueños y juntos los verían hacerse realidad.

DESEO

Él nunca se había resistido a las tentaciones

Juegos del amor

CAT SCHIELD

Se esperaba que el millonario Linc Thurston se casara con una mujer de su posición, no que se sintiera atraído por su ama de llaves. Sin embargo, Claire Robbins no se parecía a ninguna madre soltera ni a ninguna mujer que hubiese conocido: era hermosa y cautivadora... y ocultaba algo. Aun así, no pudo evitar meterla en su cama, pero ¿se mantendría la intensidad de esa pasión cuando las traiciones de Linc los alcanzaran a los dos?

¡YA EN TU PUNTO DE VENTA!